ミウ

-skeleton in the closet-

乙野四方字

講談社
タイガ

No.

Date

c o n t e n t s

カバーイラスト　カオミン
カバーデザイン　名和田耕平デザイン事務所

ミウ

-skeleton in the closet-

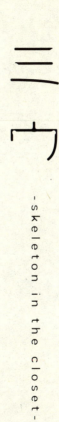

八年前――二〇一〇年八月一三日、午前一一時頃。

栃木県の東北自動車道下り線で、ETC通過のため速度を落とした軽自動車に、二トントラックが追突する事故があった。

追突された軽自動車に乗っていたのは三人家族で、運転席の四〇代男性、助手席の三〇代女性、後部座席の一〇代女性の三人ともがその場で死亡した。

第一章

ノートは今も、あそこにあるのでしょうか

1

住み慣れた部屋の、今はもう何も入っていないクローゼットの扉を手のひらで撫《な》でさすりながら、もしも今この扉を開けて、中に白骨死体が入っていたら、あたしはその頭蓋骨《ずがいこつ》に口づけをするだろうか、と感傷的な気持ちになる。

もちろん、中に白骨死体など入っているわけがないし、ここに住んでいた四年の間でも入っていたことなどただの一度もない。あったらあたしは何らかの犯罪者だろう。犯罪など、あたしから最も遠いと言ってもいい行為だ。決められたことには逆《さか》らえない、そもそも逆らおうとも思わない、あたしはそんなつまらない人間だから。

四年間ずっとクローゼットの中を我が物顔で占領していたのは、当然ながらただの衣類だ。それも今はすべてが外に出され、季節や種類ごとに分類されて衣装ケースの中に行儀良く収まり、引っ越し業者の手でトラックに積み込まれる時を待っている。

四年間。長いようで……やっぱり長かった。短かったな、という感覚はない。それだけ特に面白くもない四年間だったということだろう。あたしも四年前は大学生活というものに多少の期待を抱いていたものだけど、蓋《ふた》を開けてみれば何のことはない、ただ制服が私服に変わっただけで、高校生活とそう大差ないものだった。いや、それはきっと他《ほか》のみんなにとってはそうでもなくて、ただ単に、あたしが変わることができなかったというだけのことなのかもしれない。

嫌なことがあったわけじゃない。友達だっていた。遊びにもよく誘われたし、それなりに遊んだし、出しゃばりすぎない程度に明るいあたしのキャラは異性にもモテないわけではなかった。全体的に、決して悪い大学生活ではなかったのだと思う。就職活動もさほど難航することなく、在学中に出版社の内定をもらい、来年度からは晴れて新社会人だ。いまだに就職活動に走り回っている友人などを見ると、むしろ恵まれているとさえ思う。なのに、何故《なぜ》だろう。新しい生活への何というか、期待とか、希望とか、意欲とか……そういうきらきらしたものが、あたしの中に何もないのは。

大学の寮へは三月の末までいることができる。でもあたしは二月も早々に部屋を引き払い、ひとまず実家に帰ることにした。大学はもうとっくに春休みで行く必要がないし、かと言ってこれ以上大学の友達と遊び回る気にもなれない。一応卒業式には出るつもりだけど、それ以外は実家でだらだらしているつもりだ。どうせ四月からは都会で一人暮らしを始めるのだから、最後にのんびりしよう。大学を卒業する人たちの多くが楽しむであろうパーティーやら旅行やらには何の興味も持てなかった。

あたしはずっとこのまま、こんな感じで社会人になって、こんな感じで仕事をして、こんな感じで結婚して（しないかもしれないけど）、こんな感じで歳《とし》を取って、こんな感じで死んでいくのだろうか。

ピンポン、とインターホンが鳴る。引っ越し業者が到着したらしい。入り口のオートロックを解除して、部屋の中に並んだ衣装ケースや段ボール箱の数を数え、忘れ物はないか な、と確認しながら業者さんを待つ。

程なくして、再びインターホン。業者さんの元気な声。玄関へ行ってチェーンロックを外し、ノブに手をかける。

もし。

もし、このドアを開けた先に立っているのが、異世界への引っ越し業者で、あたしを知っている人がどこにもいない世界へ連れて行ってくれるとしたら、あたしは行くだろうか？　そうしたら、何かが変わるだろうか？

あり得ない妄想に、でも少しだけ、本当にちょっとだけ、久しぶりにどきどきしながらあたしはドアを開けた。

「どうも！　キリンのマークの浜田《はまだ》引っ越しセンターです！」

「あ……どうも、お世話になります」

「この度は、ご依頼ありがとうございます！　梱包《こんぽう》は……お済みですね。それじゃあ、早速運んじゃいます。えーと、どれからいきましょう?」

「あ、一番近いのからどんどん運んじゃってください。あたし、順番にここまで持ってきますから。中身は箱に書いてますんで」

「分かりました! おい、始めるぞ」

「はい!」

社員とアルバイトだろうか、中年のおじさんと高校生くらいの男の子が衣装ケースや段ボール箱を手際よく台車に載せて運んでいくのを、あたしはぼんやりと見送る。

きっとその荷物が届く先は、異世界などではないのだろう。

2

福岡の大学寮から大分の実家に帰って、一ヵ月が過ぎた。

久しぶりに会うこっちの友達と卒業祝いや内定祝いで何回か遊びもしたけど、基本的にあたしはずっと部屋でごろごろしていて、本を読んだりスマートフォンで遊んだり、たまにお母さんにごろごろしすぎだと怒られる自堕落な日々を送っている。実はしばらく前から、可愛《かわい》いアイドルのキャラクターがたくさん出てくるリズムゲームにちょっとハマっていた。みんな輝いてるなぁ、なんて羨《うらや》ましく思いながら。

肩の力を抜いてプレイしたのが逆に良かったのか、今まで一度もフルコンボが出せなかった曲であっさりフルコンボを達成してしまった。なんとなくスクリーンショットを撮影してツイッターに投稿する。

フルコン達成！

すぐにフォロワーからおめでとうのリプライが届く。ヒマ人ってあたしだけじゃないんだなぁ。誰だか知らないけど。あたしみたいに春休みの大学生なんだろうか。いつだったか、たまたまこのゲームの珍しいバグが撮れたことがあって、それを投稿したら予想外に拡散されて、そのときに急に増えたフォロワーの一人だったと思う。ありがとー、と適当に返事をする。よく考えたら、全然知らない人とこんなやり取りをしているのも妙な感じがする。SNSって不思議だなぁ。

スマートフォンを枕元《まくらもと》に放り投げて、ベッドにごろんと寝転がる。

今月二〇日は大学の卒業式。二五日は東京に引っ越しで、四月からは社会人だ。全然実感は湧《わ》かないけど、そろそろ引っ越しの準備を始めないといけない。とは言え、持っていく物は最小限、あとは実家に置いておいて必要な時に取りに戻ればいい。

何を持っていこうかな、とりあえず春夏のお洋服と、まだ読んでない小説と——

と、ぼんやり考えながら部屋を見回していたあたしの目が、何故かある一点で止まった。

机の上の棚。辞書なんかと一緒に並べられている、小学校から高校までの卒業アルバムと卒業文集。こういうのは、一人暮らしに持っていくものだろうか。

もう随分と見ていない。あの頃の自分は、文集に何を書いたのだろう?

迷わず中学の文集を選んで取り出す。中学生時代が一番楽しかった。あの頃のあたしは、今と違って年相応にきらきらしてた、と思う。少なくとも二年の夏までは。

文集をめくる。最初は一人一ページの手書きプロフィールコーナーだ。自分のページを探すと、似顔絵の欄に当時好きだった漫画キャラの顔が描いてある。随分上手《うま》いけど、これは漫画に紙を重ねてトレースしたものだ。そしてその下に、あたしの名前。

池境《ちざかい》千弦《ちづる》。あだ名の欄には『ちっち』と書かれている。ちざかいちづる、略してちっちだ。実家に帰って久しぶりに会った中学の同級生にそう呼ばれたときは、むず痒《がゆ》くて気恥ずかしかったけど、ちょっとだけ嬉《うれ》しかった。

身長一五三・二センチ、今より三センチほど小さい。体重は秘密、生意気な。隠したってあたしは知ってるぞ、あの頃のお前の体重を。誕生日、星座、血液型……何だって知ってるからな。中学生のお前が、ちょっと痛い子だったってことも。

その証拠がこれだ。好きな言葉の欄。何と書いたか、はっきり覚えている。

skeleton in the closet

直訳すると、『クローゼットの中の白骨死体』。

中学生だったあたしは、たまたま読んだとある小説でこの文章を目にした。そしてその英文が、日本語で『家庭の事情』と訳されているのを見て、何と言うか、痺《しび》れた。

この言葉は日本で言うところの慣用句というやつで、円満だと思われていた家庭のクローゼットに白骨死体が隠されていたという話から、外聞をはばかる家庭内の秘密、内輪の恥というような意味で使われるそうだ。なんと刺激的でロマンチックな表現なのだろう。その家庭の婦人は、秘密を守ることの誓いとして夫から、白骨死体の頭蓋骨に毎晩キスをするよう命じられていた、なんて話もある。素敵だ。

その言葉は今でもあたしの胸を焦《こ》がしている。ただし、『もしかして』と本気で胸を高鳴らせながら両親の部屋のクローゼットをこっそり開けたあの頃とは違って、今は遠い異世界に想《おも》いを馳《は》せるための言葉として、だけど。

そんなあたしだから、将来の夢だって本当は、ここに書かれているものじゃなかった。将来の夢の欄には、歌手、と書いている。確かその頃、クラスの女子の中で一番人気の夢だった。あたしにしても別に嘘《うそ》というわけではなく、カラオケは嫌いじゃないし、歌手になれるものならなってみたいと当時は思っていたはずだ。

だけど、違う。あたしの本当の夢は――

――いや、やめよう。それはもう、諦《あきら》めたのだから。

自嘲《じちょう》気味に笑い、ページをめくる。手書きプロフィールの次は思い出の作文だ。自分の作文を見つけてざっと目を通す。

三年一組、池境千弦。タイトルは『中学の思い出』。中学生活で一番思い出に残っているのは修学旅行です、という内容の、何の面白みもない無難《ぶなん》な作文。本当に一番覚えているのは、そんなことじゃないのに。

少し思い出しかけていた中学時代の楽しさが、熱が引くように消えていった。やっぱり持っていかなくていいな。そう思いながら、ぺらぺらとページをめくって。

ふと、あるページで手を止めた。

誰かの作文だ。名前は田中奈美子《たなかなみこ》、クラスは書いていない。誰だっただろう? 田中さんや奈美子ちゃんで顔を思い出そうとしてみてもどうにも出てこない。まぁ、別に同級生全員の顔と名前をはっきり覚えているわけでもないのだけど。

では何故その作文が気になったかというと、タイトルだ。あたしが『中学の思い出』と書いたところに、短い文章が書かれている。

『ノートは今も、あそこにあるのでしょうか』

それがタイトルだとしたら、中学生の卒業作文らしくはないタイトルだ。当時は仲の良い友達や気になる同級生の作文しか読んでいないから気づかなかったのだろう。ノート？　と何となく興味を引かれて、軽い気持ちで読み始めてみた。

〇

『ノートは今も、あそこにあるのでしょうか』　田中奈美子

お久しぶりです。と言っても、みんなもう、私を覚えていないかもしれませんね。ずっと黙っていようと思っていたのですが、今回こうして卒業文集のお話がきて、どうしても一人で抱《かか》えていられなくなったので、書こうと思います。

私はある日、ある教室で、古びたノートを見つけました。

それは教室内のとある場所に、隠すように置いてありました。というよりも本当に隠してあったのでしょう。なので場所は書きません。

そのノートは、多分なのですが、学校でいじめを受けている生徒たちの交換日記のようなものだったのだと思います。

あるページには、その日どんないじめを受けたのか、詳細な内容が書かれていました。

あるページには、おそらくいじめをしていた誰かの名前がいくつも書かれていました。

あるページには、いじめを忘れるための気晴らしの方法が書かれていました。

あるページには、殺人計画らしきものが書かれていました。

あるページには、遺書らしきものが書かれていました。

あるページには、将来の夢が書かれていました。

たくさんのページに、たくさんの絶望と希望が、すべて違う筆跡で書かれていました。

最初のページの日付は、一〇年以上前でした。

きっとあの古びたノートは、いじめを受けた生徒の間にだけ場所が伝えられて、一〇年以上もの間、いじめを受けた生徒たちが誰にも言えなかった言葉を受け止め続けてきたのではないでしょうか。

私はそのノートを読んで、悲しくて、怖くて、涙が止まりませんでした。

先生に言おうかと思ったのですが、やめておきました。もしかしたら、あのノートがあるおかげで救われる生徒もいるのかもしれないと思ったからです。

だから私は、ノートを元あった場所に隠し、誰にも言わないことにしました。

でも、私は今でも、気になっています。

ノートは今も、あそこにあるのでしょうか。

○

あたしの心臓が、どくどくと脈打っていた。

目が痛い。瞬《まばた》きもせずに読んでいたようだ。まぶたをぎゅっと閉じると涙が滲《にじ》む。でもこの涙は、田中さんが流した涙とは違うものだろう。

あたしは今、クローゼットの中に白骨死体を見つけた気分だった。

中学校のとある教室に一〇年以上も隠されている、いじめを受けた生徒たちだけが知っている古びた交換日記。その生徒たちの語られなかった絶望や希望が、一〇年分以上も綴《つづ》られているノート。よくそんなものの存在を暴露する原稿が卒業文集なんかに載ったものだ。教師が止めなかったのだろうか。

読みたい。

あたしはどうしても、そのノートを読みたいと思った。

いじめなんて、今までしたこともされたこともない。クラスの中でいじめらしきものがあると思ったことも、少なくとも自分が認識する範囲ではなかった。あたしにとっていじめというのは、たまにテレビで見るか、漫画や小説で読むだけのものだった。

けど、身近にそんなノートがあるのなら。

それを読むことができたら、もしかしたら、錆付《さびつ》いてしまった自分の心の歯車も動き出すのではないか、という気がした。その潤滑油は決して綺麗《きれい》なものではなく、泥や汗や涙や血液の混じった、酷《ひど》い臭《にお》いを放つ腐った油なのかもしれないけど。

それでも。

新しい生活に何の希望も絶望も感じていない、幸せも不幸せもない、どうして生きているのかも分からないような、こんなモノクロの世界からは抜け出せるのではないか、と。

あらためて、作文の作者の名前を見てみる。田中奈美子。そんな名前の同級生が、いたようないないような。きっと、あたしの同級生でノートのありかを知っているのは彼女だけだ。どうしても彼女に連絡を取らなければならない。

文集を開いたまま、中学の卒業アルバムを引っ張り出す。もしかしたら住所や電話番号が分かるかもしれないと思ったけど、個人情報保護なのだろう、さすがに住所録などは載っていなかった。だけど同級生なら名簿に名前があるはずだし、写真もあるはずだ。

卒業生の顔写真と名前が並んでいるページで、一人ずつゆっくり確認していく。

一組、二組、三組……すべてのクラスを見終わっても、何故か田中さんの写真が見つからない。

もう一度最初から見直す。さらにもう一度。

三回確認しても、卒業生の顔写真の中に田中さんはいなかった。

どういうことだろう？　違う学年なのだろうか？　いや、だとしたら同じ卒業文集に作文が載っているはずがない。そうだ、手書きプロフィール。作文を書いたのならあのページも書いているはず。そう思って文集をめくるが、田中さんの手書きプロフィールも見つからない。

なんで？　混乱しながらもう一度作文に目を通し、その違和感に気づいた。

作文の一行目。

お久しぶりです。と言っても、みんなもう、私を覚えていないかもしれませんね。

……お久しぶりです？

数年ぶりに文集を読んだから最初は何も思わなかったけど、よく考えたら、この書き出しは明らかにおかしい。

この卒業文集は、確か卒業式よりも早くもらったはずだ。学校で友達と、あんたの作文読んだよ、なんて話をした覚えがある。

在学中に原稿を書いて、在学中に完成し、在学中にもらった卒業文集。どうしてその書き出しが『お久しぶりです』なのだ？

分からないことだらけで、なす術《すべ》もなくぱらぱらと文集をめくる。すると、最後の方のページにある編集後記にすべての答えが書かれていた。

（田中奈美子さんについて）

田中さんは、ご家庭の事情で転校を繰り返しています。我が校にも一年の九月に転入してきて、一〇月にはまた転校して行かれました。なのでアルバムに載せられる写真もなく、文集を送るかどうかという話にもなったのですが、田中さんはわずかな時間でも確かに私たちの同級生でした。なので編集係で連絡先を調べ、せめて卒業文集だけでも参加しませんかとお手紙を出したところ、快《こころよ》く思い出の作文を書いてくれました。同級生として感謝したいと思います。ありがとう田中さん！　ご卒業おめでとうございます！

なるほど。これでアルバムに写真がなかった理由も、作文の書き出しが「お久しぶりです」だった理由も分かった。ついでに言うなら、あたしが田中さんのことを覚えていない理由も。一年のときに一ヵ月しかいなかったのなら覚えていなくても無理はない。

でも、困った。これでは田中さんに連絡を取ることはひどく難しそうだ。編集係が誰か分かれば連絡先が分かるかもしれないと期待して編集後記を最後まで読んでみるが、残念ながら『編集係一同』と書かれているだけだった。

どうしよう。誰か田中さんと仲の良かった同級生はいるだろうか。

とりあえず、この前一緒に遊んだ同級生のマキこと綾瀬真希《あやせまき》に電話してみる。マキは友達付き合いの多い子だったから、もしかしたら知ってるかもしれない。知らなくても何人か辿《たど》れば見つかるかも。

あたしと同じで暇な時期なのだろう、マキはすぐに電話に出た。

『もしもし？　どしたのちっち。また飲みに行く？』

「うん、それもいいんだけど、ちょっと聞きたいことがあってさ。中学一年のときに転校してきて、一ヵ月くらいでまた転校してった子がいたの覚えてる？」

『え？　あー、なんかいたねぇ。誰だっけ……中田美奈子《なかたみなこ》？』

「惜しい。田中だよ。田中奈美子」

『あれ、そうだっけ。その子がどうかしたの？』

「連絡先とか、分かんないよね？」

『いやー私は知らないなぁ。何か用事？』

さすがに、本当のことを正直に話す気にはなれなかった。この年になると変人扱いされるのは何も嬉しくない。

「うん、ちょっと……借りてた物が出てきてさ。返す前に転校しちゃって」

『ありゃ。それは困ったね』

「そうなんだ。誰か、連絡先知ってそうな人いないかなぁ」

『分かった、ちょっといろいろ聞いてみるよ。二、三日待っててくれる?』

「うん、ありがとね」

いい奴《やつ》だなぁ、と思いながら、もう一つのことを思い出す。

「あ、それか卒業文集の編集係でもいいんだけど。その人たちなら多分田中さんの連絡先知ってると思うんだよね。誰がやってたか覚えてる?」

『えー? 覚えてないなぁ……』

残念だけど仕方ない。あたしだって覚えていないのだから。興味のないことをいつまでも覚えているはずがない、というかもしかしたら、そもそも知らなかったのかもしれない。誰が卒業文集の編集係かなんて、自分でさえなければどうでもいいことだ。

「そっかー。じゃあ悪いんだけどさ、田中さんの連絡先か文集の編集係か、どっちか知ってる人、探してもらってもいい?」

『分かった分かった。これ、貸しよ? 絶対返してもらうから』

「その口癖《くちぐせ》、変わってないねぇ。今度別府《べっぷ》の温泉でも行こ。お酒おごるよ」

『いつでもいいよー。じゃあね』

電話を切る。昔からマキは、貸しは絶対に返させる人だ。でもそれも、その分きっちりと貸してくれるから。それで色んな人から頼りにされて、結果たくさんの人と仲良しだった。マキは高校も大学もこっちで通っていたので、今でも繋《つな》がっている同級生はあたしよりもずっと多いだろう。

ノートに思いを馳せながら、待ちに待った電話がかかってきたのは三日後。

けど、その結果は。

『ごめんねー、どっちも分からなかったわ』

どうやら、クローゼットには鍵《かぎ》がかかっているようだった。

3

母校の前に立ち、懐《なつ》かしいグラウンドを眺《なが》めている。

中学校はまだ春休みではないようで、校舎からは時折生徒の声が聞こえてくる。あたしもかつてはその中にいたのだということが俄《にわか》には実感できない。

思い余ってこんな所まで来てしまったけど、あたしはいったいどうするつもりだったのだろう。まぁ、卒業生なのだから頼めば校舎の中には入れてもらえるかもしれない。でもそれからどうするのだ？ 授業が終わって生徒たちが帰るのを待って、あらゆる教室をしらみつぶしに探すつもりか？ そんなことをしても見つかるかどうか分からないし、そもそも教師に見られたら追い出されるだろう。現実的に可能な方法としては、まずはノートの隠し場所を知った上で、教師に「学生時代に隠したノートを取りに来た」とでも言ってピンポイントで探させてもらう、せいぜいそのくらいだろう。

とにもかくにも、まずはノートの隠し場所を知らなければ。そしてそのためには、田中さんに連絡を取る必要がある。けれど、今のところその手がかりは途切れている。

いっそ、元担任の連絡先を調べてみようか。いやでも、あたしたちにとって担任は一人だけど、担任にとって生徒は何百何千といるからなぁ。受け持った生徒全員の顔と名前を覚えてるなんて、そんな漫画みたいな教師がいるとは思えないし。

何の収穫もなく家へ帰り、ベッドでごろごろしながらゲームをする。ゲーム中に貯《た》まったアイテムでガシャを引くと、レアなカードが出たのでスクリーンショット。ツイッターで呟《つぶや》こうとして、ふと思いつく。

田中さん、もしかして、ツイッターやってるかも？

あたしのアカウントはハンドルネームで登録してるけど、本名で登録してる人も少なくないはず。可能性は、ゼロじゃない。

ベッドに身を起こす。駄目で元々、試すだけなら損はない。ツイッターの検索欄に田中奈美子と入力し、ユーザー検索する。すぐに複数のアカウントがヒットした。このうちのどれかが探している田中さんなのか、それとも全員ただの同姓同名なのか。上から順に、投稿の内容を確認していく。

一人目。投稿の内容的に女子高生らしい。年齢が合わないので違う。もちろん嘘《うそ》の可能性はあるけど、とりあえず外れだ。

二人目。自撮りの写真をいくつか投稿している。でも、まったく見覚えがない。あたしが田中さんの顔を覚えていないだけかもしれないけど、これも外れ。

三人目。プロフィールに簡単な学歴が書かれているが、転校を繰り返している様子がないので外れ。しかしどうしてツイッターに学歴を書くのだろう。

四人目。今年大学を卒業する成人女性らしい。年齢的にはあたしとぴったりだ。注意して投稿内容を読んでいく。内定はすでにもらっている、彼氏はいない、卒業旅行は大分県の温泉へ……ああ、駄目だ。大分には初めて行く、という投稿がある。あたしの探している田中さんは少なくとも一ヵ月は大分に住んでいたのだから、これも外れ。

五人目。プロフィールには『駄文置き場』とだけある。もう使われていないアカウントらしく、最後の投稿は二年前。内容は『自殺します。さようなら。』と——

手が止まる。

もう一度、最後の投稿の内容を見る。日付は二年前。

自殺します。さようなら。

見つけた。あたしは何故か、そう確信していた。

心拍数が上がり、口が渇《かわ》いてくる。震える手で、それよりも古い投稿を読んでいく。基本的には、日常のささいな不満なんかを言葉少なに語っているか、ややダウナー系のポエムのような投稿が多かった。年齢や住所、卒業した学校が分かるような投稿はない。だけど、読めば読むほど間違いないと思えてくる。これは、あたしが探している田中さんだ。田中さんのことなんて何も知らないのに、もうあたしにはそうとしか思えない。

二年前と言えば、同級生だから大学二年だ。大学で何か嫌なことがあって自殺してしまったのだろうか？　理由が分かるような投稿は一見したところはない。ただ、生きる幸せを感じられないといった遠回しな動機になりそうな投稿はいくつもあり、ポエムの内容も生や死に関することが多いようだった。

その中でも、特に気になったのがこれだ。

罪なき罰で自ら命を手放す子羊がいる
その魂は誰が救うのか
そこに誰かがいるのなら、どうか、罰なき罪に鉄槌《てっつい》を

この投稿などは、解釈によっては、いじめられて自殺した子供のことだと考えられないだろうか。例のノートを見た田中さんが、そのことで何年間もずっと、心を蝕《むしば》まれ続けて

いたのだとしたら。

あたしは時間を忘れてそのアカウントの投稿を読み続けた。暗い投稿ばかりではなく、時には『新作のアイスが美味《おい》しかった』などの普通の投稿もあり、そんな投稿を読み続けるうちに、あたしはだんだんとこのアカウントの持ち主に共感し始めた。特に不幸でもないのに、生きる幸せを感じられず、それでもたまに美味しいものを食べて喜んだりしながら、なんとなく生きている。まるで今のあたしみたいだ。

時間を遡《さかのぼ》りながら、何十、何百の投稿を読んだだろう。

ある投稿が、突然あたしの脳裏を白く灼《や》いた。


とある小説で、とても素敵な言葉を知った。

この言葉を、私の心の鍵としよう。


どくん、と、心臓が大きく跳ねた。

それより前の投稿を、流し気味に読んでいく。

その投稿より一ヵ月ほど前に、写真つきの投稿があった。


前から気になっていた小説を買った。ゆっくり読んでいこう。

写真には、とある小説の表紙が写っている。あたしがよく知っている、特定のページだけ何度も何度も繰り返し読んだ、あの小説の表紙が。

それは、不思議な確信だった。

あたしは、自分のアカウントで閲覧していたツイッターからログアウトする。

一度ログイン画面に戻り、あたしのアカウント名を消し、代わりに田中さんのアカウント名を入力する。

そして、パスワードは。

skeleton_in_the_closet

当たり前のように、ログインは成功した。

4

田中さんとしてツイッターにログインしたことで、だけどあたしは特に、悪いことをしているという罪悪感や、他人の秘密を覗《のぞ》き見ているのだという興奮などを覚えることはなく、妙に冷静だった。

　まず、フォローとフォロワーの数を確認する。フォロー二四人、フォロワー九人。フォローに対してフォロワーが少ないような気がするけど、フォロワー増やしに積極的でもない一般人ならこんなものだろう。それに自殺すると投稿してからすでに二年だ。フォローを外してしまった人もいるに違いない。

　ログインすると通知欄が確認できるようになる。最後の投稿に対して「考え直してください」とか「冗談ですよね」とか、心配しているリプライがいくつかついている。孤独に呟くだけのアカウントではなかったらしい。リプライをくれている相手のアカウントをざっと覗いてみたが、だいたい似たような雰囲気のアカウントとフォローし合っていたようだ。全体的に暗い投稿が多い。今でもフォローを外さないでいるのは、どういう心理なのだろう。あたしにはよく分からない。

　続いて、オープンな形の投稿ではなく、特定の相手とだけ外には見えないやり取りをするためのダイレクトメッセージを見てみる。

　やはり最後の投稿の後に、複数のフォロワーから「相談に乗ります」といったメッセージがいくつか来ていた。返信履歴は一つもない。自殺するという相手にメッセージを送って、何の返事ももらえなかった当時の相手の気持ちを考えると、あたしには関係ないのに何だか申し訳ない気持ちになってくる。きっと大変な心労だったことだろう。返事をする余裕もなかったのか、あるいはそもそもメッセージ自体読んでいないのか。自殺を決意した人に他人のことを慮《おもんぱか》れと言うのも酷な話かもしれないけど。

そのままメッセージを見ていくと、最後の投稿の直前にも一つ来ていた。

直後ではなく、直前。正確には投稿の一日前。偶然なのかもしれないけど妙に気になって、そのメッセージを開いてみる。


いつも投稿、読んでます。

質問なのですが、どうしてまだ生きているのですか？


メッセージはそれだけ。

このメッセージを受け取った翌日、田中さんは自殺を決意した。

瞬間、内臓を吐《は》き出《だ》してしまいたくなるような、黒い気持ちに襲われた。

どうして、まだ生きているのか？

それはあたしも、たまに考えることだった。どうしてまだ生きてるんだろう？ 楽しいことが全然ないわけではないけど、あったとしても、それで生きている幸せを感じることはないのに、どうして？

きっと田中さんも同じだったはずだ。どうして生きているんだろうと、ことあるごとに考えていたはずだ。積極的に死ぬ意思がないだけで、何かのきっかけがあれば一気に天秤《てんびん》が傾いてしまうような、そんな危ういバランスで、いつ死んでしまってもおかしくないような日々を生きていて。

でも。

それでも。

あたしは、ダイレクトメッセージにもう一度目を通す。

どうしてまだ生きているのですか？

どうして、他人にこんなことを言われないといけないのだろう？

それは怒りではなかった。悲しみでもなかった。ただの、純粋な疑問だった。

確かに、あたしたちは生きている幸せを感じられない。何かのきっかけで、ふと死んでしまうのかもしれない。そういう生き方をしている人間は、そのきっかけを無関係な他人から突然投げつけられても、文句を言わずに死んでいくしかないのだろうか？　あたしの人生は、そんな不確かなものなのだろうか？

そのメッセージを送ってきたアカウントを見に行くと、すでに消えていた。自分で削除したのか運営側に削除されたのか、いつ消えたのかも分からない。これでもう相手を探すことは不可能だろう。

あたしはぼんやりと考える。

田中さんは、このアカウントに殺された。

けど、このアカウントはもう消えてどこにもいない。

田中さんを殺した犯人が消えたということは、それはつまり。

田中さんの投稿ページに戻る。

二年前の最後の投稿、『自殺します。さようなら。』という投稿を表示させる。

ゴミ箱のボタンをタップすると、投稿を削除しますか、というボックスが出てくるのでYESを選ぶ。

最後の投稿が、消える。

続いて、新規投稿のボタンをタップする。

表示されたボックスに、ゆっくりと文章を入力する。


しばらく離れていましたが、また再開しようと思います。

ご心配をおかけしてしまった方々、本当にすみませんでした。

よかったら、また今日から、よろしくお願いします。

そして、投稿。

何の問題もなく、今日の日付で最新の言葉が投稿された。

これでよし。これで成功だ。ここからスタートだ。

田中さんを殺した犯人が消えたということは、それはつまり、田中さんが殺されたという事実も消えたということ。

だから。

あたしは、田中さんを生き返らせる。

第二章

あなた、誰？

1

田中さんを生き返らせてから、三日が過ぎた。

早いもので、来週はもう大学の卒業式だ。一度福岡へ行かなければならない。とはいっても一泊しかしないつもりなので大した荷物が必要なわけでもなく、それよりも東京行きの準備をそろそろ始めなければいけないと思ってはいるのだが、なかなか頭がその気になってくれない。今は、田中さんとしてツイッターをすることでいっぱいいっぱいだった。

あたしは今、一日に四〜五回のペースで投稿をしている。フォローしてくれている人が気づいたようで、何人かから「生きてたんですね、よかった」とか「お帰りなさい」とかリプライが来ていたので、丁寧にお礼の返事をする。

ダイレクトメッセージをくれていた人には、同じくダイレクトメッサージでさらに丁寧な返事をしておいた。内容はどれも一緒だ。

二年前は、大変なご迷惑とご心配をおかけして申し訳ありませんでした。

実は、知らない方からダイレクトメッセージで酷い言葉が送られてきたのです。
ツイッターが嫌になって、アカウントを削除してしまおうと思いました。
けれど、どうしても皆さんと繋がっているアカウントが消せなかったのです。
だから自殺したことにして、ずっとアカウントを放置していました。
死んだふりをして、皆さんの投稿は時々読んでいました。
そして最近、酷い言葉を送ってきたアカウントが消えているのを知りました。
なので、もう大丈夫だと思って、投稿を再開することにしたのです。
本当に、私の勝手で申し訳ありませんでした。
よろしければ、今後ともよろしくお願いいたします。

――という内容をコピーして数人に送ったところ、驚いたことに、返ってきたメッセージにはすべて「分かります」という言葉が使われていた。曰《いわ》く、自分もよくアカウントを消してしまいたいと思うことがある。でも本当に消すことはできない。結局自分たちは、構ってもらいたいだけなのかもしれませんね……言葉は違っても、全員が全員、同じような内容だった。

　構ってもらいたい？　そうなのだろうか。あたしは別に、大学時代も今も、構ってくれる人はいるけどな。あまり共感はできなかったのだけど、きっと田中さんなら共感するのだろう。そう思い「分かってくれて嬉しいです」とさらに返しておいた。

とにかく、田中さんらしく振る舞い、ツイッター上で田中さんを生き返らせる。

そうすることで何がどうなると思っているのか、実は自分にもよく分からない。だけどなんとなく、田中さんを上手く生き返らせることができれば、あたしの人生も生き返るんじゃないか——なんて、死んでもいないのにそんなことを思っている。

あたしは田中さんとして投稿を続けながら、似たような投稿内容のアカウントを探してフォローを増やしていった。そうするとフォロワーも増えてくる。そのほとんどはあたしがフォローした人たちからのフォローバックだが、中にはどこの誰なのか全然分からない人からのフォローもあった。そういう人には必ずフォローを返すようにしていると、あたしのフォローは三日間で二倍、フォロワーは三倍にもなっていた。と言っても、まだどちらも五〇人以下程度の数だけど。最近では何となく、その数字がそのままアカウントの生命力のようにも思えてきている。

そんな風に、どこかゲーム気分でアカウントを育てていたある日、突然見知らぬ番号から電話がかかってきた。

誰だろう？　出ようか出るまいか少し迷ったが、もしかしたら就職先の出版社の人かもしれない、と思い、出てみることにした。

「はい」

『もしもし？　あー、池境《ちざかい》さん？　ていうかちっち？』

「え」

驚いた。あたしをちっちと呼ぶということは、中学校の同級生だ。仲の良い友達はみんな番号を登録しているはずだから、特に仲が良くなかった同級生ということになるが……誰だろう、そして何の用だろう。

「うん、ちっちだけど……えっと、ごめん、誰かな？」

『覚えてないかな、原下佐織《はらしたさおり》。中学んときの同級で、サオ、とか呼ばれてたんだけど』

「サオ……サオちゃん……ああ、えっと、佐織ちゃん」

『そうそう、佐織ちゃん佐織ちゃん』

思い出した。原下さん。確かいつも三人の仲良しグループでつるんでて、ちょっと不良っぽい男の子たちと仲が良かった子だ。あたしは基本的に真面目《まじめ》な生徒だったので、あまり絡んだことはなかった。

「えっと、お久しぶり」

『うん。ごめんねいきなり』

「いいけど……あの、どうしてあたしの番号？」

『マキに教えてもらったの』

やっぱりマキか。原下さんとも繋がってたんだ。マキはあまり不良という感じでもなかったのに、あらためて交友関係の広さに感心する。

『ちっちにどうしても聞きたいことがあってさ』

「聞きたいこと？　あたしに？」

原下さんとは中学を卒業して以来、何の絡みもなかったはずだけど……そんなあたしにいったい何を聞くことがあるのだろう。

『ちっちさ、ちょっと前に、田中奈美子《なみこ》？　の連絡先探してたんでしょ？』

そう言われて、やっと思い出したことに自分で驚いた。

そうだ。そう言えばあたしはもともと、ノートを探すために田中さんの連絡先を探してたんだ。それがいつの間にか、自殺した田中さんのツイッターアカウントを見つけて、パスワードを暴《あば》いて、田中さんのふりをして投稿している。その流れで、ノートのことなんかすっかり忘れてしまっていた。

「うん、探してたけど」

『だよね。あのさ、もし分かったんなら、あたしにも教えてほしいんだけど』

「え？」

予想外の言葉だった。もしかしたら連絡先を知ってて教えてくれるのかな、なんて思ったんだけど、まったく逆の用事だったらしい。

「えーとね、結局分からなかったんだ。ごめん」

『あ、そうなんだ。分かった、じゃあいいよ。ごめんね』

「あ……」

どうして知りたいの？　と聞く前にぷつりと切られてしまった。

中学時代のことを思い出してみる。田中さんに関する記憶はほとんどないけど、それでも原下さんと仲が良かったなんてことはないと思うのだけど。

いったい、田中さんに何の用事があったのだろう。

2

その二日後。

今度は、フォローしてくれたばかりのフォロワーさんからいきなりダイレクトメッセージが届いた。

ユーザー名は『A子』さん。愛子《あいこ》さん、秋子《あきこ》さん、英子《えいこ》さん……そんな本名なのだろうか。どこから来たのか分からないタイプのフォロワーさん。フォローされたことについさっき気づいたからフォローを返したら、すぐにダイレクトメッセージを送ってきた。何だ何だ、と警戒しながらメッセージを開く。

一瞬、背筋がぞっとした。

人違いだったらすみません。田中奈美子さんは、中学一年の時に一ヵ月だけ大分県の豊野重《とよのえ》中学に通っていた田中奈美子さんですか？

人違いではない。間違いなくその田中さんだ（あたしは田中さんじゃないけど）。つまり、このメッセージを送ってきたのはあたしの同級生？　あたしみたいに『田中奈美子』でツイッターを検索してこのアカウントを見つけたのか？　一昨日の原下さんからの電話といい、いったい急に何が起きているのだろう。
あたしは一応、田中奈美子として返信することにする。

その通りですが、あなたは誰ですか？

シンプルにそれだけ。数分後、すぐに相手からの返事が届いた。
私は豊野重中学であなたと同級生だった生徒です。名前は伏せさせてください。
実は、今更ですが卒業文集のあなたの作文を読みました。
お願いがあります。

あの作文に書いてあったノートの隠し場所を、教えてくれませんか?

どう返信するべきか、かなり悩んだ。

ユーザー名の『A子』。そんな名前の同級生がいたかどうかを思い出す。愛子……は、いなかったと思う。秋子……は、一人いた。英子は……いや、駄目だ。そんなことを考えても無意味だろう。ツイッターのユーザー名は本名と関係があるとは限らない。むしろ、名前を伏せたがっているのだから関係ない可能性の方が高いだろう。

あたしが、自殺した田中さんのアカウントを生き返らせた途端、二人の同級生が田中さんを探し始めた。これが偶然のわけがない。でも、どうして?　やっぱり、あのノートに関係しているんだろうか?

悩んだ挙げ句、とりあえず探りを入れてみることにした。そのためにごく短いメッセージを返す。

どうして今になって、卒業文集を読んだんですか?

数分後、返事が届く。

何日か前、私の同級生が、田中さんの連絡先か卒業文集の編集係を探しているという電話がかかってきました。それで思い出して読んでみたんです。

あたしのことだ。驚くと同時に納得した。そうか、別に偶然とかではなくて、ただ単純にあたしの電話がきっかけなのか。マキがどこまで広めたのかは分からないけど、少なくとも原下さんとA子さんには伝わったということだ。そして何らかの理由で、二人が田中さんを探し始めた。もしかしたら、原下さんの目的もあのノート？ なら、次に聞くべきことは。

どうして、ノートの隠し場所を知りたいんですか？

返事が届くまで、今度は三〇分ほど時間がかかった。やっと届いたメッセージを開いてみると、いろいろと考えながら書いたのであろう長文が出てくる。

実は、私も中学時代にいじめられていました。
それで、そのノートに書き込んだことがあるんです。
ですが、いじめられた相手を恨むあまり、本当はされてもいない酷いことをされたと、実名で大袈裟《おおげさ》に書いてしまいました。

いじめられていたのは確かです。でも、そこまで酷いことはされていません。

もしあのノートが見つかって、公の場に出たら、その人はやってもいないことで責められるかもしれません。それはさすがに気が咎《とが》めます。

だから、あのノートを処分したいんです。

なので、田中さんがノートをどこに隠したのか、教えてくれませんか？


困った。あたしは田中さんじゃないからノートの隠し場所なんて知らない。それを知りたいのはあたしの方だ。

それに、このメッセージ……何か違和感がある。

その違和感の正体を確かめるために、さらに探りを入れてみる。


私は、もともと隠されていたのと同じ場所にまた隠しました。

あれから隠し場所が変わっていれば、私にはもう分かりませんし、変わっていないなら、A子さんもその場所を知っているはずです。


違和感の一つは、本当にA子さんがノートに書き込んだことがあるなら、A子さんもノートの隠し場所を知っているはずだ、ということ。田中さんとA子さんは同級生なのだから、少なくとも当時の隠し場所は同じはず。わざわざ聞く必要があるだろうか。

次の返信は一〇分後だった。


昔のことなので、隠し場所を忘れてしまったんです。

お願いします。教えてください。


どう考えても、一〇分も必要としない内容だ。それに、そんなノートの隠し場所を忘れてしまうものか？　あたしだったら死ぬまで覚えていそうなものだけど。

あたしの中で、二つの違和感が朧気《おぼろげ》にまとまって、形を持ちつつある。

田中さんを探していた原下さん。ノートを探しているA子さん。

この二人は、もしかして、同一人物なのではないか？

想像力が働き始める。中学時代の原下さんは、不良っぽい男の子たちと付き合いがあったことからも分かるように、決して品行方正な生徒ではなかった。もし、実は陰《かげ》でいじめをしていたとしても、それほど意外には思わない。

そう言えば思い出したけど、中学のとき、学校帰りにたまたま原下さんに会ったことがある。近くに自動販売機があって、原下さんはジュースが飲みたいからお金を貸して、と言ってきた。あたしは素直に貸してあげたのだけど、翌日以降、返してと言っても決して返してくれなかった。そういう人間なのだ。

もし、原下さんが、いじめをしていたと仮定して。

あたしの電話がきっかけで、原下さんも文集を読み、そしてノートの存在を知ったのだとしたら。もしかしたら原下さんは、そのノートに自分の名前が書かれているかもしれないと思ったのでは？

同級生なのだから、原下さんも就職が決まっている時期のはずだ。そんなときにノートの存在を知り、もしノートが出てきて問題にでもなれば、内定が取り消されたりするのではないか……そういう風に考えたとしてもおかしくはない。

そして、ノートを手に入れて処分するために、まずはあたしに電話してきた。田中さんの連絡先を調べて直接聞くつもりだったのだろう。けどあたしが連絡先を知らなかったので、今度はツイッターで検索し、田中さんのアカウントを見つけた。そしていじめられた方を装って、ノートの隠し場所を知ろうとしている……。

どうだろう。妄想でしかないが、辻褄《つじつま》は合っているのではないだろうか。

ともあれ、あたしの考えが正しくても間違っていても、A子さんにノートの隠し場所を教えることはできない。あたしはそれを知らないのだから。

それにもしあたしの考えが正しいなら、知っていても教えてあげようという気にはならない。最悪それで内定が取り消されたりしても自業自得だろう。あたしは少し冷酷な気持ちで返事を送る。

すみません。あのノートはあそこにあるべきだと思います。
忘れてしまったのなら、そのまま忘れていてください。

すぐに返事が来る。

お願いします。どうしても知りたいんです。
人助けだと思って、教えてください。

人助け？　いったい誰を助けたいのかな？
あたしの返事は変わらない。さらに短い文章で懇願《こんがん》を一刀両断する。

教えることはできません。

さらに返事。

お願いします。助けてください。

助けてください、か。

あたしはもうそれ以上返事をせず、ダイレクトメッセージの画面を閉じた。

3

三月二〇日火曜日、大安吉日。

今日は大学の卒業式。そのためあたしは昨日から福岡のビジネスホテルに泊まり、朝も早くから卒業者専用バスに揺られてキャンパスへと到着した。

久しぶりに会う大学の友人たちは誰もが袴姿で着飾っている。あたしも少し考えないではなかったのだけど、着付けをするのに朝六時から待つ必要があると聞いて早々に諦めた。そこまでして袴を穿《は》く意義が感じられない。

卒業式は、特になんの感慨もなく一時間ほどで終了した。まだお昼前だ、このためだけにわざわざ前泊して福岡に来たのかと思うと空《むな》しくなってくる。

せめて少しは楽しもうと、仲の良かった友達と食事やカラオケに行ってみたりはしたのだけど、今日中に家まで帰りつくために夕方からのパーティーはパス。また会おうね、と手を振るみんなに笑顔で手を振り返し、きっともう一生会うことはないんだろうなぁ、とか思いながら帰りの電車に乗った。

どうしてあたしは少しくらい、悲しいとか寂《さび》しいとか思わないんだろう。大学生活四年間、ちゃんと楽しかったはずなのに。

午後一〇時頃。家に帰りついて玄関の扉を開ける。結局昨日と今日は、活動時間の半分以上を移動に費やしただけだった。

「ただいまぁ」

疲れた声を上げながら靴を脱いでいると、奥からぱたぱたと足音が近づいてきた。

「お帰り千弦《ちづる》。ねぇ、ちょっとあんた」

「何？　疲れてるんだけど……」

慌てた様子で駆け寄ってくるお母さんに、何かお使いでも頼まれるのかと思って、今日は勘弁してよと態度で返事する。

だが、お母さんの口から出てきた言葉は、あまりにも予想外のものだった。

「原下佐織ちゃんって、あんたの同級生じゃなかった？」

一瞬、心臓が止まったような錯覚を覚える。

原下さん？　どうしてお母さんが、原下さんの名前を？

「そうだけど……」

わけが分からず聞き返すあたしに、お母さんは痛ましそうに眉《まゆ》をひそめ、

「亡くなったらしいわよ」

そう、言った。

「お昼のニュースでね、なんでも市内の……」

お母さんはまだ何か言っていたけど、あたしはもう聞いていない。階段を駆け上がり、自分の部屋に飛び込む。

スマートフォンを取り出して、ツイッターを起動。ダイレクトメッセージの履歴から、三日前にA子さんと交《か》わしたやり取りの最後のメッセージを表示する。


お願いします。助けてください。


そのまま、A子さんのアカウントページへと移動する。

アカウントは、すでに消えていた。

4

『……次のニュースです。昨日午前一一時頃、大分市内にあるコンビニエンスストアの屋上で、女性の遺体が発見されました』

ろくに眠れず迎えた朝。朝食のために下りたダイニングで、お父さんが見ているテレビのローカルチャンネルから、聞きたくないニュースが聞こえてくる。

『警察によりますと、遺体で発見されたのは市内に在住だった原下佐織さん二二歳。隣接しているビジネスホテルの一室からコンビニエンスストアの屋上へ落下したと見られ、事故と自殺、両方の疑いで捜査を進めているとのことです』

お父さんもお母さんも、もうこの死亡者があたしの同級生だと知っている。あたしの顔色を見たのだろう、リモコンを取ってチャンネルを替えようとしたが、あたしは手でそれを制する。

見たくない。知りたくない。けど、あたしはこの事件の詳細を知らなければならない。

『遺体を発見したのはビジネスホテルの従業員。前日夜から宿泊していた原下さんがチェックアウトの時間を一時間過ぎても内線に出ないので、鍵を開けて部屋に入ったところ、荷物は置いたままで窓が開いており、不審に思い窓から下を見て遺体を発見、警察に通報しました』

……この状況だけを聞くと、わざわざビジネスホテルで自殺したというよりは、何らかの事故で誤って落下した、という方がありそうだけど。というか、そうであってほしい。

ただの事故ならまだ気にせずに済む。

だって、自殺だとしたら。もしかしたら、あたしのせいかもしれないのだから。

『遺留品の中に遺書などは見つからず、警察では原下さんの近況を調べると共に、事故の可能性もあると見て現場周辺を捜索中です。では、次のニュース……』

遺書などは見つからなかった。ということは、自殺じゃない？ もちろん、自殺する人が必ず遺書を用意するとは限らないだろうけど、事故であってほしいあたしとしてはどうしてもそっちを信じたくなる。

「千弦、ご飯食べる？」

お母さんの気遣《きづか》うような声。あたしは自分のお腹《なか》を撫でてみる。朝食を食べに下りてきたはずなのに、いつの間にか食欲が消えていた。

「ううん、今日はいらない」

踵《きびす》を返《かえ》して再び階段を上る。お父さんもお母さんも、なんと声をかけていいのか分からないのだろう。重苦しい沈黙の中、あたしは静かに自分の部屋へ戻った。

ベッドに寝転んで、スマートフォンの画面を眺める。昨夜、A子さんのアカウントが消えているのを確認してからツイッターは見ていない。自分のアカウントも田中さんのアカウントも更新せずに放ってある。

田中さんの連絡先を知りたがっていた原下さん。

ノートの隠し場所を執拗《しつよう》に聞いてきたA子さん。

どちらも知らないため、教えられなかったあたし。

そして、原下さんの転落死と、A子さんのアカウントの削除。

何が起きているのだろう。あたしは、この出来事に何か関係があるのだろうか？ 関係というか、責任が？ 事故でないとしたら、田中さんが無関係だとは思えない。あたしが田中さんを生き返らせたことで、何かが始まってしまったのか？ そのせいで、原下さんは死んでしまったのか？

昨日考えたことをもう一度思い出してみる。もし、原下さんが中学時代にいじめをしていたとして。原下さんは、あたしがマキにした頼み事をきっかけに卒業文集を読み、ノートの存在を知った。ノートに自分の名前が書かれていたらまずいと思った原下さんは、田中さんからノートの隠し場所を聞き出そうとしてあたしに電話をしてきた。けど分からなかったので、ツイッターで田中さんのアカウントを見つけ、『A子』というアカウントでノートの隠し場所を教えてほしいとメッセージを送ってきた。それも断られた原下さんは……絶望して、自殺した……？

しっくりこない。いじめをするような人が、それが発覚しそうだからといっていきなり自殺したりするだろうか？ いや、というかそもそも、原下さんがいじめをしていたというのは何の根拠もない想像でしかないし、自殺とも限らないのだけど。

でも、事実がどうあれ。

あたしはもう、田中さんのアカウントに触らない方がいいんじゃないだろうか。

いっそアカウントを消してしまおうかと、ツイッターを立ち上げようとした瞬間、スマートフォンが音を立てて震えだした。

驚いて思わず声を出してしまう。電話だ。また知らない番号から。

今度はいったい誰だろう、出たらまた妙なことが起きるのではないだろうか。そのまま放置してしまいたかったが、しかし今度こそ出版社の人かもしれない。意を決して電話に出るが、もしもし、という一言が上手く出てこず、相手に先に言わせてしまった。

『もしもし？　聞こえてますか？』

男の人の声。やはり出版社の人だろうか？

「あ、はい。聞こえてます」

『ああ、よかった。こちら警察の者ですが』

警察！

思わず電話を切ってしまいそうになった。駄目だ、何の用かは分からないけど、警察の人を相手にそんなことをしたら痛くもない腹を探られてしまう。一度大きく息を吸い、心を落ち着かせて返事をする。

「警察、ですか？」

『はい。失礼ですが、そちらは原下佐織さんのお知り合いでしょうか?』

なんで。どうして原下さんのことで、警察からあたしに電話が?

違います、と言いたい気持ちをぐっと抑える。そんな嘘をついたってすぐばれてしまうだろう。まさか警察が適当な番号に電話をして手当たり次第に原下さんの知人を探しているわけがない。何か理由があるのだ、あたしに電話をしてきた理由が。

「知り合い……というか、中学のときの同級生ですけど……」

『なるほど。お名前を伺っても?』

「池境、千弦です」

『ちざかいちづるさん。どのような字を?』

「池に、国境の境、数字の千、弓の弦です」

『弓のつる……ああ、ギターの弦ですね。なるほど』

少しの沈黙。電話の向こうであたしの名前をメモしているのだろう。あたしだと分かって電話をしてきたわけではないらしい。

「あの……どうして、あたしに電話を?」

『突然すみません、驚かれましたよね。原下さんの事件はご存じですか?』

「ニュースで見ました。ホテルの窓から落ちたとか……」

『はい。警察では事故と自殺の両方の線で捜査をしておりまして、原下さんの知人に事情をお伺いしてるんですよ』

「でも、あの……あたし、そんなに仲が良かったわけでもないんですけど……」

『……そうなんですか？　いえ、現場から見つかった原下さんのスマートフォンに、あなたの番号への発信履歴が残ってたんですよ。それでかけさせてもらったんですけど』

発信履歴……そうか。原下さんがあたしに、田中さんの連絡先を聞いてきたときのだ。もう一週間くらい前だけど、その程度は遡って調べるのも当然なのかもしれない。

『三月一五日、午後九時頃です。覚えてらっしゃいますか？』

「あ、はい……覚えてます」

『そうですか。では、少し事情をお伺いしたいので、申し訳ないのですが最寄りの警察署までご足労願えませんか』

予想できて然《しか》るべき申し出なのに、動揺してしまう。

「あたしが、警察署に行くんですか？」

『少しお話を聞きたいだけなので、心配することはありませんよ。池境さんはどちらにお住まいですか？』

「豊後大野《ぶんごおおの》市の、豊野重町ですけど」

『え、本当ですか！　私の実家も豊野重町なんですよ』

「あ、そうなんですか」

どうでもいいだろそんなこと、とつい心の中で悪態《あくたい》をつく。

『ということは、最寄りの警察署は豊後大野署ですね……今日のご予定は？』

「いえ、特にありませんけど」

『じゃあ……午後三時に、豊後大野署まで来てもらってもよろしいですか。入ってすぐの受付で名前を言っていただければ話が通るようにしておきますので』

「あ、はい……分かりました」

『ありがとうございます。では、午後三時に』

深く考える間もなく、聞かれた通り素直に返事をしているうちに、いつの間にか電話は切られていた。

今日の午後、警察署に行かなければならない。原下さんのことで。

警察署で事情聴取を受けるという状況に少し興味はあるが、そんな呑気《のんき》なことを言ってもいられない。事件に直接関係はないのだから、そんなに心配しなくてもいいのかもしれないけど。

何をどこまで、正直に話すか。

あたしはそれを、残り数時間で考えなければならない。

5

「すみません、わざわざご足労いただいて。こちらへどうぞ」

思っていたよりやけに腰の低い刑事さんに連れられて、あたしは初めて来る警察署の中を物珍しそうに見回しながら歩いている。もっと物々しい雰囲気を想像していたけど、何だか普通にお役所といった感じだ。

やがて刑事さんは小さな窓のついた扉の前で立ち止まると、その扉を開けてあたしに中へ入るように促《うなが》す。不安もあるが、正直ちょっと楽しい気分にもなってきた。ドラマでしか見たことがない場所へ実際に入れるのだから貴重な体験だ。

その部屋に入ってみて、想像との差に驚いた。

薄暗いと思っていた室内は、格子のない窓から入る光と蛍光灯で明るく、パイプ椅子《いす》があると思っていた場所には肘《ひじ》掛《か》けつきの柔らかそうな椅子。壁には絵画がかかっており、机の上には花瓶《かびん》のお花、部屋の隅《すみ》にある台の上にはポットやコーヒーメーカーまで置いてある。唯一想像と同じだったのは、壁に大きな鏡があるということだ。ドラマの知識ではこれはマジックミラーになっていて、向こうから刑事が覗いていたりするのだが。

「なんか、意外と普通の部屋ですね……ここ、取調室、ってやつですよね?」

思わず素直にそう聞くと、刑事さんは柔らかく笑って答えてくれる。

「名目上は取調室ではあるんですけど、この部屋は相談室と呼んでます。容疑者とかとは違って、被害者とか、ただの参考人から事情を聞くための部屋ですね」

「容疑者が取り調べを受ける部屋とは違うんですか？」

「ええ。ドラマみたいにカツ丼《どん》が出てきたりはしませんけど、まぁだいたいあんな殺風景な部屋ですよ。ここみたいに花とかお茶セットとかが置いてあったりもしません。容疑者でもないのにそんな部屋で事情聴取をするのは申し訳ないということで、少し前から警察署全体でこういう部屋を用意するように動いてるんですよ。コーヒーでいいですか？」

「あ、はい……ありがとうございます」

コーヒーは苦手なのだけど、咄嗟《とっさ》に断れなかった。

「奥の椅子に座ってください。どうぞ楽にして」

言われた通りに椅子に座る。クッションがよく利いていて座り心地がいい。

部屋の中にはもう一人刑事さんがいる。取り調べなどは基本的に二人一組で動くというにわか知識はどうやら本当らしい。

刑事さんが自分とあたしの分のコーヒーを入れてくれて、向かい合って座る。早速コーヒーを一口飲み、名刺を取り出してあたしに差し出した。

「ご挨拶《あいさつ》が遅れました。大分県警察本部、刑事部捜査一課の切小野貴志《きりおのたかし》です」

その自己紹介に、あたしのにわかな知識が反応する。

「あの……県警本部の捜査一課って、殺人事件の捜査をするところじゃ……？」

「ドラマや小説ではそればっかりですけど、実際にはそうでもないんですよ。事故か自殺か分からないような、つまり今回みたいな事件も捜査することがあるんです」

「そうなんですね」

「はい。それで、早速なのですが」

来た。事情聴取が始まるのだ。

「原下さんの事件について、あらためてご説明します。昨日二〇日の午前一一時過ぎ、大分市内のコンビニエンスストアの屋上で人が倒れていると一一〇番通報がありました。通報したのはすぐ隣に建っているビジネスホテルの従業員。原下さんは一九日の夜一〇時五〇分頃にそのホテルにチェックインしていて、翌朝のチェックアウト時刻である午前一〇時を一時間過ぎても部屋から出てこず、内線をかけても電話に出ない。仕方がないので鍵を開けて部屋に入ったところ、荷物はあるが姿がない。窓が開いていたので不審に思って窓から下を見たところ、コンビニの屋上に倒れている人影を発見し、通報したということです。その後の調べで、倒れていたのは原下佐織さんだと分かりました。原下さんは全身を強く打って死亡しており、ホテルの窓から落下したものと見られています。原下さんが泊まっていた部屋は一二階で、おそらく即死だったでしょう」

苦しまずに死ねたのなら、まぁよかったのだろうか。ぼんやりとそんなことを考える。

「警察は今、事故と自殺の両方の線で捜査を進めています。原下さんの荷物の中に遺書は見つからなかったので事故の可能性も高いのですが、一応関係者から、最近原下さんに変わった様子がなかったかなど聞き取り調査をしています。その一環として、スマートフォンに発信履歴のあった池境さんにもご協力いただいているというわけですね」

「はい」

実に分かりやすく経緯を説明してくれる。慣れているのだろう。おかげであたしもあらためて事件の流れを整理することができた。

「それで、原下さんからはどのような電話を？」

何をどこまで正直に話すか。散々考えてきたそれを思い出しながら、間違えないようにゆっくりと口を開く。

「原下さんは、中学時代の同級生の連絡先を知りたがってるみたいでした」

「中学時代の同級生。お名前は分かりますか？」

「田中奈美子さんです」

「たなかなみこさん。漢字は？」

「田んぼの中に、奈良の奈、美しい子です」

刑事さんが言われた通りに名前をメモしていく。わりと綺麗な字だ。

「田中、奈美子さん……原下さんは、その田中さんにどんな用事があったんでしょう？」

「それは分かりません。あたしも、田中さんの連絡先は知らなかったので」

「中学時代の同級生なら、調べれば分かったのでは？」

「それが、その田中さんは中学一年のときに一ヵ月だけしかいなかったんです。転入してきて、すぐにまた転校していったので……だから卒業アルバムにも載ってないし、誰も連絡先を知らなくて」

「なるほど……」

小さく頷《うなず》いて走り書きを増やしていく刑事さんを見ながら、大丈夫、と自分に言い聞かせる。このくらいの情報は調べればすぐに分かることだ。隠すことじゃない。

「電話を受けたとき、何か変わった様子はありませんでしたか？」

「いえ、特には……」

「ふむ……池境さんは、原下さんと親しいわけではなかったということですが、卒業してからの友達付き合いとかはなかったんですか？」

「はい。全然」

「では、どうして原下さんはあなたに田中さんの連絡先を聞こうと思ったのでしょう？」

来た。ここからだ。ここからは、あたしに変な疑いがかからないように気をつけなければいけない。

「それは多分、あたしがそのちょっと前に友達に頼んで、同級生に誰か田中さんの連絡先を知ってる人がいないか探してもらったからだと思います。それが原下さんの耳にも入って、電話してきたんじゃないでしょうか」

これも調べれば分かるはず。嘘はつけない。

「池境さんは、どうして田中さんの連絡先が知りたかったんですか？」

嘘をつくのは、ここだ。

「あたし、四月から東京の会社に就職が決まってるんですけど、それで引っ越しの準備をしてたんです。そしたら、中学時代に田中さんから借りた小説が出てきて。返す前に田中さんが転校していったのを思い出して、今さらだけど返せないかなと思って、連絡先を探したんです。結局、分からなかったんですけど」

文集のこと、ノートのこと、田中さんの自殺のこと、アカウントのこと……それらは言わないことにした。ここは嘘をついても大丈夫。誰にも言っていないから調べても分からないはずだ。マキにも『借りてた物が出てきた』と嘘をついたから、もしマキが事情聴取されても矛盾は起きないはず。原下さんの事件と田中さんがどう関《かか》わっているのか分からない以上、あたしと田中さんの関係（一方的だけど）も知られない方がいい。

警察を相手に嘘をつくという行為に、何故かあたしは思ったほど動揺しなかった。まるで役者のようにすらすらと台詞《せりふ》が出てきて、そんな自分には少し動揺している。あたしは自分自身のことをまだよく知らないのかもしれない。

とにかく、あたしの淀《よど》みない説明は疑いを持たれなかったようで、刑事さんは特に変わった様子もなくうんうんと頷いている。

「ああ、ありますねそういうこと。僕もいまだに借りっぱなしの漫画本とかありますよ」

穏《おだ》やかに笑う刑事さんは、落ち着いて見ればなかなかの美形だ。二〇代半《なか》ばくらいだろうか。普通の女性ならちょっとときめいてもおかしくないかもしれないけど、あたしは別にそんなことはない。それよりも、刑事さんが手帳を閉じたので「ああ、もう事情聴取は終わりか」という、何故かちょっとした落胆の方が強かった。

「だいたい分かりました。ご協力ありがとうございました」

「これで終わりですか？」

「ええ。あ、よかったらコーヒー飲んじゃってください」

「あ、どうも。いただきます」

言われるままにコーヒーを一口。ぬるい。あと苦い。けれどその苦い液体が喉《のど》を通っていくのが存外に心地よくて、随分と喉が渇いていたのだとやっと気づいた。

刑事さんもコーヒーを飲みながら、やや砕《くだ》けた口調で話しかけてくる。

「しかし、四月から新社会人ですか。おめでとうございます」

「ありがとうございます」

「東京で一人暮らしとなると、いろいろと大変ですね」

「そうですね……でも、大学時代はずっと福岡で一人暮らしだったので。そんなに変わらないかなって」

「それはご立派だ。うちの妹も、あなたみたいにしっかりしてくれたらいいんですけど」

「妹さんがいらっしゃるんですか」

「ええ。ちょうどあなたと同じくらいの……」

言いかけて、刑事さんの言葉がはたと止まった。

コーヒーを置き、あたしの顔をまじまじと見つめてくる。

「……なんですか？」

「失礼ですけど池境さん、今おいくつですか？」

「二二ですけど……」

「今年二三歳？　早生まれとかではなく？」

「はい」

「豊野重中学ですよね？」

「はい……」

なんだなんだ？　何か事件に関係があるのだろうか。

若干の不安を覚えていたら、次に刑事さんが言ったのは予想外の言葉だった。

「もしかしたら、うちの妹と同級生じゃないですか？」

……刑事さんの妹さんと、あたしが同級生？

手元にある、刑事さんの名刺。大分県警察本部刑事部捜査一課、切小野貴志。

切小野。あらためてその名字を見た瞬間、記憶の蓋が開き、あたしの心がざわついた。

「妹の名前は、みゆと言います。美しい夢と書いて『美夢《みゆ》』です。ご存じですか？」

切小野、美夢。

知っている。あたしはその名前を、確かに知っていた。

「はい……二年と三年のとき、同じクラスでした」

「そうですか！　あの、仲は良かったんですかね」

「ええと……悪くは、なかったです」

「それはよかった……ん？　だとしたら、妹も原下さんの同級生ってことか。気づかなかったな……あいつにも話を聞いてみるか」

刑事さんが何か言っているが、あたしの耳には入ってこない。

切小野美夢。その名前と顔を思い出すと同時に、あたしの頭の中で原稿用紙が燃える。

それはあたしにとって、あまり、思い出したくない名前だった。

6

家に帰ったあたしは、切小野美夢のことはひとまず忘れ、とにかく田中さんのアカウントを消してしまおうと思った。

あたしが田中さんを生き返らせたことは誰も知らない。フォロワーの中に同級生がいるとも思えない。唯一気になるのはA子さんのことだけど、A子さんのアカウントも消えている以上、あたしがアカウントを消してしまえば警察にだってあたしと田中さんを繋ぐ線は見つけられないはずだ。

それにしても、こうして証拠隠滅のことを考えていると、まるで自分が犯罪者になったような気分だった。あたしはただノートを読みたかっただけなのに、どうしてこんなことになってしまったのだろう。

アカウントを消すために、一日ぶりくらいにツイッターを立ち上げる。ヒマさえあれば一日に何度も無意味に覗いていたことを考えると、これほどツイッターを見なかったのは珍しい。

田中さんのアカウントページが表示される。それを削除するために設定のページに移ろうとして、気づいた。

ダイレクトメッセージが届いている。

封筒のマークの横に、はっきりと表示されている1という数字。一通の未読メッセージがありますよと主張している。昨日の夜から今までの間に届いたものだ。

原下さんから電話があって、A子さんからメッセージが届いて、警察から電話があって……今度は誰からだ？　楽しい内容でないことだけは確かだろう。どうせアカウントは消してしまうのだから、このメッセージも読まずに放っておけばいい。

放っておけばいいのは、分かっているのだけど。

正直な話。

あたしは、今の自分が置かれたこの状況を、少し楽しんでいた。

何も起こらずに、ただ過ぎていくはずだったあたしの日常。そこに突然起きた、非日常的な出来事。あたしは今、自分が小さな異世界に迷い込んだような気がしている。

だからと言って、妙な疑いをかけられるのはごめんだ。でも、疑いをかけられないように警察に嘘をついたりするのは少し刺激的だった。田中さんのアカウントも、本当なら消したくはない。さすがに自殺した人間のアカウントを乗っ取っていることが警察にばれたらいろいろと面倒なことになりそうなので、仕方なく消すだけだ。

だけど、このメッセージは。

もしかしたら、また別の異世界からの招待状――クローゼットの鍵かもしれない。

だからあたしは、メッセージを開き、読んだ。

田中奈美子は、間違いなく二年前に自殺した。

あなた、誰？

ぞくり、と背筋が震えたのは、恐れだろうか、それとも興奮だろうか。

田中さんが二年前に自殺したことは、このアカウントをフォローしていた人なら誰でも知っている。だけどその人たちにとっては、田中さんの自殺は嘘で、本当は生きていてツイッターを再開したということになっている。あたしがそうした。

けど、このメッセージを送ってきた相手は「間違いなく自殺した」と断言している。何か知っているのだ。田中さんの自殺について。

このメッセージを送ってきた人が、田中さんと親しかった人なら。

もしかしたら田中さんは、この人にノートの話をしているかもしれない。そしてもしかしたら、ノートの隠し場所まで教えているかもしれない。可能性は低いだろう、だがゼロじゃない。

もしそうだとしたら。上手く聞き出せば、ノートを見つけられるかもしれない。

あたしはメッセージを送ってきた相手のユーザー名を確認する。

『如月海羽《きさらぎうみは》』

きさらぎ……うみは、と読むのだろうか？　おそらくハンドルネームだろう。だが何故だろう、あたしはどこか、その名前に見覚えがあるような気がした。

アカウントページへ飛んでみる。呟きはそれほど多くなく、二千と少し。フォロー数は一〇〇ちょっと。フォロワー数は……三千を超えてる？

フォロワーがフォローの三〇倍というのは、一般人のアカウントではない。いったい何者だろうとプロフィールの文を読んでみる。

如月海羽（きさらぎうみは）です。デイジー文庫から小説を出しています。

小説家？　それで名前に見覚えがあったのか。

デイジー文庫とは、いわゆる少女小説のレーベルだ。あたしが読むのはもっぱら推理小説と、あとは若干のラノベと一般小説で、少女小説はほとんど読まないからよく知らないのだけど、少女小説の分野では確かかなりの大手だったはず。

田中さんに、少女小説作家の知り合いがいたのか？

如月海羽で検索し、いろいろと調べてみる。性別は女性。高校生で新人賞を受賞し、当時は話題のデビューだったが、デビュー作以外はあまり売れていないらしい。シリーズはたくさん出しているが、いずれも三巻前後で打ち切りになっている。作風は少女小説らしからぬシリアスで重苦しいものばかりで、一部のコアなファンには謎解《なぞと》き要素などが高く評価されているということだが、少女小説のメインの読者層である女子中高生にはあまり受けないようだ。一般やミステリ系のレーベルで書けばいいのにという意見をかなり見かけたが、今のところその様子もないらしい。

しかし、そんなことよりも何よりも。

あたしは、ウィキペディアに載っていた如月海羽の出身地と年齢を見て、手を止めた。

大分県豊後大野市出身、在住。二三歳。

あたしと同じ町の生まれで、同じ年齢の、女性小説家。

頭の中で、また原稿用紙が燃える。

まさか。まさかそんなこと。でも、そうに違いないと確信しているあたしもいる。

それ以上調べてみても、さすがに出身中学や本名といった詳しい個人情報は出てこなかった。だからあたしは、同級生で一番顔が広いマキに再び電話する。

『……もしもし？』

くぐもった声。こんな時間にもう寝ていたのだろうか。

「もしもし、マキ？　ちょっと聞きたいことがあるんだけど」

『……あたしも、ちっちに聞きたいことがある』

ん？　これは予想外だった。早く如月海羽について確認したいけど、先にマキの質問に答えることにする。

「なに？」

『ちっちさ、どうして田中さんの連絡先、知りたがってたの？』

何かを探るようなマキの声。ああ、そうか。原下さんにあたしの電話番号を教えたのはマキだから、その原下さんが死んでしまったことと、あたしに何か関係があるのか、マキは疑っているのだ。それで声に元気がなかったのか。

「原下さんのこと？」

『ん……ごめんね、ちっちの番号教えちゃった』

「いいよ。それに、あたしは何の関係もない。田中さんは、引っ越し準備してたら借りてた本が出てきて、返したいと思っただけ。原下さんのことは、よく分からないけど偶然だと思うよ」

『……そっか』

マキがすべてを信じてくれたかどうかは分からない。でも、とりあえずそれ以上は聞かないようにしてくれたみたいだった。

『で、そっちは何？』

「うん。あたしたちの同級生で、小説家になった子なんて、いる？」

電話の向こうでしばしの沈黙。やがて、少ししっかりとした声が返ってくる。

『どしたのいきなり。っていうかちっち、知らなかったの？』

「やっぱりいるんだ？　誰？」

そう聞きながらも、あたしにはもう分かっていた。

『ミユちゃんだよ。切小野美夢』

──ああ。

これが、運命というやつなのだろうか。

第三章

田中奈美子の香典

1

あたしが中学一年生のときの夢は、小説家になることだった。

きっかけは実にくだらない。小学生のとき、戯《たわむ》れに妄想した物語を両親に話して聞かせたら、面白い、千弦《ちづる》は小説家になれるんじゃないか、そう言われたから。ただそれだけ。

今にして思えば、親も本気で言っていたわけではないのだろう。だけどそのときのあたしは、そうか、自分は小説家になれるのかと愚直に信じてしまい、それ以来、お小遣いで買った原稿用紙に妄想の断片を書き記すようになった。

もともと、自分がこの世界に生きていることにどことなく違和感があった。あたしは本当はどこか異世界の人間で、何かの間違いでこっちの世界に迷い込んでしまったんじゃないか、そんな妄想をよくしていた子供の頃のあたしにとって、小説を書くという行為は、あたしが本来生きている世界を作り出す行為だったのだと思う。

そうしてひっそり小説家を目指し始めたあたしだったが、幼《おさな》いながらもそれが普通の夢でないことは何となく理解していて、変な子だと思われないために、親も含めて誰にも言わなかった。鍵をかけた部屋で一人、小説とも言えない稚拙な文章を原稿用紙に書き散らしながら、いつかそれが一冊の本になる日を夢想していた。

その原稿を、夢を、自らの手で燃やしたのは、中学二年の初夏だった。

クラス替えで、切小野美夢《きりおのみゆ》という生徒と同じクラスになった。ぼさぼさの髪に度の強そうな眼鏡《めがね》で、最初の印象は暗そうな子。ただその名前だけ、まるでペンネームみたいだと少し羨ましく思ったのを覚えている。

彼女に興味が湧いたのは、ある日の昼休み。

給食を食べ終わって図書館にでも行こうかと席を立ち、ふと見ると、彼女は机でノートに何やら書き物をしていた。

休み時間までお勉強？　真面目な子だな、と思いながら、何となく後ろからノートの中身を覗き見て、それが勉強などではないことにすぐに気づいた。

小説だ。

切小野美夢は、学校の昼休みに、誰はばかることなく自分の机で小説を書いていた。

それをひた隠しにしていたあたしにとって、学校で堂々と小説を書くというのは衝撃的だったが、それ以上にあたしは仲間を見つけた気分で嬉しかった。あたしにだって仲の良い友達は何人もいたけど、自分から積極的に興味を持ったのは彼女が初めてだった。

それからあたしは授業中も彼女を気にするようになって、数日後の昼休み、ついに勇気を出して話しかけることにした。

「ねぇ、切小野さん」

授業の準備をしている彼女にそっと声をかける。彼女はゆっくりと顔をあげて、あたしをぼんやりと見返し、瞬きをしてから口を開いた。

「池境《ちざかい》、千弦さん」

それは質問という感じではなく、ただ目の前にいる人間の名前を読み上げただけのような、無機質な声だった。少し怯《ひる》んだけど、気を取り直して続ける。

「ちっちでいいよ。みんなそう呼ぶから。そっちは、ミユちゃんって呼んでいい？」

「うん」

いきなり馴《な》れ馴《な》れしいかなと思ったけど、意外にも彼女は当然のように頷いてくれた。

逆にこっちが少し戸惑ってしまう。ペースのつかめない子だ。

あたしは顔を近づけて、手で口を隠しながら、ひそひそ声で言う。

「ねぇ、ミユちゃんって、小説書いてるでしょ？」

「うん」

隠す様子もなくそれを認める。彼女にとって、小説を書くということは別に秘密にするようなことではないらしい。あたしも少し安心して秘密を打ち明ける。

「実はね、あたしも書いてるんだ。小説」

「そうなの？」

何を考えているのか分からなかった彼女の目が、少し大きくなる。どうやら彼女もあたしに興味を持ってくれたみたいだ。

「ねぇねぇ、ミユちゃんの小説、読ませてくれない？　代わりにあたしの書いたのも読ませてあげるから」

読ませてあげるから。それがこのときの、偽らざるあたしの本音だった。

本当は、彼女の書いた小説にはあまり興味がなかった。あたしはただ、自分の小説を誰かに読ませたいだけだった。

自分の小説が面白いという自信があった。彼女の書いたものよりも面白いという根拠のない自信が。互いに読ませ合うという建前のもと、あたしは彼女に自分の自信作を読ませ、称賛を得たいだけだった。

あたしの提案を聞いて、彼女は初めて小さく笑った。

「うん、いいよ」

その笑顔がなんだかすごく綺麗に見えて、少しどぎまぎしてしまう。髪がぼさぼさだから気づかなかったけど、よく見ると、とても整った顔立ちのようだった。

彼女は躊躇《ためら》いもせず、あたしに自分のノートを差し出した。

「ありがと。じゃあ、あたしも取ってくるね」

原稿用紙はいつも肌身離さず持ち歩いていた。今も机の横にかけてあるカバンの中に入っている。それを渡すために机に戻ったところで、昼休みが終わって先生が入ってきた。

「はい、午後の授業を始めますよ」

しまった、渡せなかった。なんで今日に限ってこんなに早く先生が来るんだ。そう思いながら彼女の方に目をやると、彼女もあたしを見ていて「後でいいよ」と言うように小さく頷いた。まぁ、授業が終わってから渡せばいいか。

――結果的にあたしは、その日に限って早く来てくれた先生に、感謝することになる。

五限目の授業中。あたしは授業を受けるふりをしながら、彼女の小説ノートを開いた。どんなものか、冒頭をさらりと読むだけのつもりだった。

そして、打ちのめされた。

彼女の小説は、美しかった。

同い年のはずのあたしには思いつかないような語彙《ごい》の豊富さで、しかし決して難解ではなく、流れるように文章がすらすらと入ってくる。難しい言葉など一つも使っていないのに、何故かその文章は複雑な情景や感情を容易に想像させ、あたしを物語の世界に引きずり込んでいく。

授業の間ずっと、夢中になって彼女の文章を追った。物語の内容は、正直あまり覚えていない。特に何も起きない、ただの日常の風景のような内容だった気がする。それでもあたしは夢中だった。ただ、その文章に魅せられていた。

気づけば授業は終わっていた。

そして、我に返ると同時に、あたしはたまらなく恥ずかしくなった。

あたしはさっき、彼女になんて言った？

あたしの小説も、読ませてあげる？　今なら分かる。あたしと彼女の文章力の差が。彼女が書いたのが小説なら、あたしの稚拙な文章力で綴られたあれは、ただの妄想の塊《かたまり》だ。

あんなもの、読ませられるはずがない。

彼女の方へ目を向ける。

ちょうど彼女は立ち上がり、こちらへ歩いてこようとしていた。

あたしは彼女のノートを机に置いたまま、急いでカバンを摑《つか》み、教室を飛び出した。

向かうのは、校舎裏にある焼却炉跡だ。上履きのままでそこまで駆けて行って、カバンから自分が小説を書いた原稿用紙の束《たば》を取り出し、その中に放り込む。

あたしは、小説家になんてなれない。小説家になれるのは、彼女のような人間だ。

その日はたまたま、理科の実験に使うためにマッチを持ってきていた。

だから、迷わずマッチを擦って、原稿用紙に火をつけた。

あたしが本来いるべき世界が、燃えていく。

もしかしたら、あたしはこのとき、自分で自分を殺してしまったのかもしれない。

その炎を見ていられなくて、あたしはそのまま、逃げるように家へ帰った。

次の日、彼女にどう説明しようかと悩みながら学校へ行くと、何故か彼女はお休みのようだった。

借りたノートはすでに机にはなかった。おそらく彼女が回収したのだろう。

彼女はそのまま数日間休み、やっと登校してきた週明けの教室で、何事もなかったかのようにあたしに話しかけてきた。

「ねぇ、ちっち」

だけどあたしは、彼女の目を見ることさえできず。

「あ、マキ、ちょっといい？　あのさぁ」

あからさまに彼女を無視して、他の友達に話しかけてしまった。

それ以来。

あたしと彼女は、ただの一言も言葉を交わさないまま、卒業して別れた。

2

またもやマキの人脈を使って調べた住所に足を運び、だけどあたしは、その玄関のインターホンを鳴らす勇気が持てなかった。

表札には「切小野」とある。彼女が引っ越していなければ、今もここにいるはずの家である。ついでに、あたしを事情聴取した刑事さんの実家でもあるはず。

切小野美夢は、作家『如月海羽』である。そして如月海羽は、田中奈美子が自殺したことを知っている。あたしが生き返らせた田中さんのアカウントに「あなた、誰？」とメッセージを送ってきた人物だ。

だからあたしは、どうしても彼女に会わなければならない。会って、彼女が何を知っているのかを確かめなければならない。

けれど、彼女はあたしにとって、決して良い思い出のある同級生ではない。それは向こうにしたって同じだろう。いや、もしかしたら彼女はあたしのことなんか覚えていないかもしれない。

そんな相手がいきなり訪ねてきたら……彼女は、どんな反応をするのだろうか？　そもそも会ってもらえるだろうか？　そんなことを考えていると、どうしてもインターホンを押す勇気が持てない。

そうしてしばらく玄関の前で逡巡《しゅんじゅん》していると、突然、その扉が勢いよく開いた。

「美夢！　じゃあお母さん行ってくるから！　いつまでも寝てるんじゃ……あら」

扉の中から慌ただしく出てきた人物、おそらく彼女の母親なのだろうその中年女性と目が合う。

「えっと、美夢のお友達？」

「え、あ……はい」

咄嗟に頷いてしまった。

「あらそう！　あの子のお友達なんて珍しいわぁ。美夢！　お友達が来てるわよ！　ごめんなさいねぇ、あの子いっつもだらだら寝てて。あ、おばさん仕事だから行くけど！　あの子の部屋二階だから！　叩《たた》き起《お》こしてやってね！　それじゃあね！」

一方的にまくし立てて、女性は自転車に乗って猛烈な勢いで発進した。仕事に遅刻しそうなのかもしれない。

あたしの目の前には開け放たれたままの玄関。鍵もかけずに行ってしまった。こうなってはこのままUターンするわけにもいかない。お邪魔します、と一声かけて、おそるおそる家の中へと上がらせてもらった。

さて、母親の情報によると、彼女はまだ寝ているから叩き起こせ、ということらしい。二階だと言っていたので階段を上がり、二つ並んだ扉の片方、【みゆ】と子供の字で書かれたプレートが下がっている方をノックする。

「あの……切小野、さん」

返事はない。やはり寝ているようだ。

そっと扉を押し開けてみる。カーテンが閉め切ってあるようで中は薄暗い。目を凝《こ》らすと、部屋の中央辺りの畳の上に布団が敷かれていて、中がこんもりと盛り上がっている。

「おはよう、ござい、まーす……」

たまにテレビで芸能人がやっている、寝起きドッキリのようなひそひそ声を出してしまった。起こすつもりなら大きな声を出せばいいのに、やはり何か躊躇《ちゅうちょ》してしまう。

とりあえず、カーテンを開けてみる。まばゆい日の光が差し込んでくるが、布団はぴくりとも動かない。傍《かたわ》らに正座してしばらく様子を見てみるも、起きる様子はまったくない。本当にこの下に人が寝ているのか、もしかして毛布の塊があるだけなのではないか、などと思えてくる。

いつまでもこうしていても仕方がない、思い切って布団の盛り上がりに手を当ててゆすってみると、わずかに反応が返ってきた。

「んん……」

人間の声だ。若い女性。そして身じろぎ。どうやらこの中にはちゃんと切小野美夢が寝ているようである。

「あの、切小野さん。朝だよ。起きて」

ゆすりながら声をかける。けれどそれ以上の反応は返ってこない。どれだけ寝起きが悪いんだ。だんだんといらいらしてくる。

なんか、もういいや。どうせもともと好かれてはいないだろうし。あの頃のままなら相手だって変人だ。もし嫌われたってどうということはないだろう。そう判断して、布団をはぎ取ることにした。

掛け布団の一辺を両手で掴み、一息吸って、一気にまくり上げる。

「起きて……っ⁉」

そしてあたしは驚いて、その下で眠っていた彼女に、再び布団を押し付けた。

「あんた、なんて格好で寝てんの⁉」

彼女は、全裸だった。

この世には、一糸まとわぬ姿で寝る女性が存在するという話は聞いたことがあった。しかしまさかお目にかかる日がこようとは。

思いきり布団を押し付けられて苦しくなったのか、あるいはあたしの声がうるさかったのか。呻《うめ》きながら布団の下から彼女が這《は》い出てくる。あの頃と同じ、いやそれ以上にひどくぼさぼさな前髪の隙間《すきま》から、寝ぼけ眼《まなこ》があたしを見上げた。

「……誰」

「あの……覚えてるかな。中学の同級生の、池境千弦だけど」

「ちざかい……ちづる……」

あたしの名前を呟き、彼女は完全に停止する。思い出そうとしているのだろう、と思って待っていたけど、あまりにも反応がないためまた寝てるんじゃないのか？　と疑いかけたとき、やっと次の言葉が返ってきた。

「ジュース買ってきて……」

「は？」

「ジュース……甘ければなんでもいい……」

「なんであたしが」

「買ってこないとまた寝る……」

「……お金は？」

「後で払う……」

そう言って彼女は再び布団にくるまってしまった。

面倒だけど、彼女を起こさないことには話が始まらない。確かすぐ近くに自動販売機があったはずだ。あたしは釈然としない気持ちを抱えつつも大人しく外へ出た。幸いにして玄関から見える範囲に自販機があったので、安心して鍵を開けたままジュースを買いに行く。一番安いのでいいやと思ったけど、残念ながらすべて一三〇円の缶ジュースだった。これだから田舎《いなか》は。自販機の品揃《しなぞろ》えも悪い。

小銭を取り出しながら、なんで一三〇円なんて中途半端《ちゅうとはんぱ》な値段なんだとぼやく。親に聞いた話だと、自動販売機の缶ジュースは昔、全部一〇〇円だったらしい。それから一〇円ずつ値上がりして、今は一三〇円になったのだとか。確かに、中学生のときは一二〇円だった記憶がある。ワンコインの方が売れるような気がするんだけど。

なんてどうでもいいことを考えながらリンゴジュースを買って、家へ戻った。

「はい。買ってきた」

布団の中から手が伸びてきて、ジュースを受け取る。

そのときあたしは、見てしまった。

彼女の白く綺麗な右手、その手のひらから手首にかけて、火傷《やけど》の跡があるのを。

古そうな火傷だ。もう消えることはないのだろう。せっかく綺麗なのに、と痛ましく思う。どうしたんだろうと気にはなるけど、さすがに聞くのは不躾《ぶしつけ》だと思って自重した。

布団の中で、カシュッ、とプルタブの開く音。続いてこくこくと小さな嚥下《えんか》音。そしてやっと、ふぅと息をつきながら、彼女が布団から出てきた。全裸で。

「服を着なさいよ」

「めんどくさい……」

どうやら彼女はやはり中学時代のように、少し変な人間のままなようだ。嫌がる彼女を説得し、なんとかダサいジャージを着せて、やっと話ができる状態になった。

「それで、何の用？」

ぼさぼさの頭をかきむしりながら、彼女は度の強そうな眼鏡をかける。これにジャージ姿が基本スタイルなのだろうか。顔は整っているのに、実にもったいない。

「その前に、あたしのこと覚えてる？」

「覚えてるわ。ちっち」

「……まさか、そう呼んでくれるとは思わなかった」

「どうして？　そう呼んでたじゃない。私のこともミユでいいわよ」

彼女――ミユは、こちらが戸惑ってしまうほどあっさりあたしの存在を受け入れたようだ。ミユにしてみればもっと警戒してしかるべき事態だと思うのだけど、それほど簡単に処理できるものなのだろうか。

「……じゃあ、ミユ。えっと、久しぶり」

「うん。卒業以来ね。それで、ちっちは私に何の用なの？」

少し身を乗り出してくるミユ。長い前髪と分厚い眼鏡の向こうをよく見てみれば、その瞳《ひとみ》に映るのは、警戒よりも好奇心や興奮の色に見て取れる。どうしてこんなに食いつきがいいんだろう。寝起きでいきなり目の前にいた、古い同級生の用向き……考えてみればどこか文学的だ。やはり作家として気になるのだろうか。

ともあれ、ミユが少なくとも話を聞く態度である以上、無駄に引き延ばす必要はないだろう。あたしは早速本題に入ることにする。

「えっと、ミユは、作家の如月海羽なんだよね？」

「そうよ。だから？」

ミユがさらに顔を近づけてきたから、思わずのけぞってしまう。こんな風にされると、まるであたしが来ることを知っていたかのように思えてくる。いや、むしろ待っていたかのようにすら……もちろん、そんなわけはないんだけど。

「えっと……」

何と言えばいいのか、何から話せばいいのか、一瞬悩む。

結局、あたしが選んだ言葉は。

「あたしは、田中奈美子さんを生き返らせた」

ミユの目が、一瞬丸くなって。

「へえ」

そして、ミユは楽しそうに笑った。

3

あたしはミユに、事の経緯を細かく説明した。

卒業文集で田中奈美子の作文を読んだこと。そこに書かれていたノートが読みたくなって、田中さんの連絡先を調べたこと。だけど分からなくて、ダメ元で検索してみたらツイッターのアカウントが見つかったこと。二年前に自殺していると知ったこと。パスワードが分かったこと。田中さんのアカウントを生き返らせたこと。原下佐織《はらしたさおり》から田中さんの連絡先を聞かれたこと。A子さんから同じようなメッセージが届いたこと。原下佐織が死亡したこと。警察から事情聴取を受けたこと――

「――その夜、田中さんのアカウントに『あなた、誰？』ってメッセージが届いた。差出人は作家の如月海羽だった。調べてみたら、それがあなただって分かった。だから、会いに来たの」

「ふぅん……なるほどね」

話を聞いている間ずっと、ミユは楽しそうに笑っていた。本当に興味深そうに、食い入るように。

全部話してしまうのは危険だったかもしれない。だけど、田中さんの自殺を知っているらしい相手に事情を隠すのは無理だと思ったし、無意味だとも思った。それより、相手を味方につけるためには、まずこちらからすべて正直に話してしまった方がいい。だいたいあたしは、別に悪いことをしているわけではないのだ――アカウントの乗っ取り以外は。

喋《しゃべ》りつかれて息をついたあたしに、ミユが飲みかけのジュースを差し出してきた。遠慮なく口をつける。リンゴの爽《さわ》やかな甘さが喉を通り過ぎる。

落ち着いたあたしは、いよいよ聞きたかったことを切り出した。

「ねぇ。ミユは、田中さんとどういう知り合いなの？」

「ちっちと同じよ。中学時代の同級生。クラスは違ったけど」

「それだけじゃないでしょ。田中さんはたった一ヵ月で転校していった。どうしてミユは田中さんが自殺したって知ってたの」

「親御さんに直接聞いたから」

「直接聞いた？　田中さんの連絡先を知ってたの？　どうして？」

人付き合いの多いマキも知らなかった田中さんの連絡先を、人付き合いが多いとはとても思えないミユが知っていた、その理由は？

「だって、私が卒業文集の編集係だったんだもの」

聞いてみれば、それはあっけない真相だった。

誰も覚えていなかった、卒業文集の編集係。それがミユだったのか。

「卒業文集を作ることになって、一応田中さんにも連絡を取ったの。連絡先は先生に聞いてね。で、原稿を送ってもらったの」

「そうだったんだ……あんな原稿、よく先生が許したね」

文集を見たときに気になったことを聞いてみると、ミユはいたずらっぽく笑う。

「許してないわよ。というか先生はあの原稿を見てないの。チェックの段階では別の原稿に差し換えておいたから。私もさすがにあの内容はまずいかと思ってね。で、ＯＫをもらって印刷に回す段階で、元の原稿に戻したの」

「やりたい放題だな……編集係全員共犯？」

「私の単独犯よ。編集係は他に二、三人いた気がするけど、みんな私に仕事を押し付けて何もしなかったから。おかげで好き勝手やらせてもらったわ」

「なんでそこまでして、田中さんの原稿を入れたの？」

「だって、せっかく書いた原稿が没になるなんて、可哀想《かわいそう》じゃない」

なんだか作家らしいことを言ってはいるけど、本当はそうした方が面白そうだと思ったからだろう。目が語っている。だんだん分かってきた、やっぱりこの子はちょっと変だ。

「で、完成した文集を田中さんにも送って……そういうやり取りをするついでに、ツイッターでも繋がってたのよ。そうしたら二年前のあのツイートでしょ。親御さんに確認したんだけど、間違いなく自殺したっていうことよ。それでもなんとなくフォローを外さないままでいたんだけど……そうしたら、いつの間にかツイートが復活してるじゃない。いったい誰が、って思ってメッセージを送ってみたの。まさかちっちだったとはね」

そういう事情であれば、驚きはあたしよりもミユの方が大きかったのかもしれない。自殺したはずの知り合いのアカウントが突然更新を再開すれば、それは「あなた、誰？」と聞きたくもなるだろう。

これで大きな謎《なぞ》の一つは解けた。だけど本題が丸々残っている。

「ねぇ、一応聞いてみるんだけど、田中さんの作文にあったノートの隠し場所って聞いてたりしない？」

「残念ながら。私も読んでみたいとは思うんだけど」

「そっか」

早速、目的の一つが潰《つい》えてしまう。とは言え、こっちの件は駄目で元々くらいのつもりだった。あたしがミユに本気で期待しているのは、もう一つの件。

「それじゃあさ。原下さんの転落死って、それに何か関係あると思う？」

これだ。今はどちらかというと、こっちの方が気になっていると言っていい。

田中さんの作文と原下さんの転落死には関連性があるのか。あたしの行動が原下さんの死に何か関係しているのか……もっとはっきり言うなら、原下さんの死は、あたしに原因や責任があるのか。それが分からないことには夢見が悪い。

「どうして私にそんなこと聞くの？」

「ミユの小説、ミステリ要素が評価されてるって聞いた。だったら推理とか得意なんじゃないの？」

「推理作家はみんな名探偵？　違うと思うけど」

「そりゃまぁ……じゃあ、ミユにも分からないの？」

「現状では何とも」

肩をすくめるミユ。残念だけど仕方ない。推理作家と言っても、普通は現実の事件を解決したりはしないのだろう。そういうのは警察の役目で――

「そうだ、思い出した」

「うん？」

「ミユのお兄さん、刑事さんなんでしょ。あたし、事情聴取されたよ」

「ああ、そうみたいね」

「このこと、お兄さんに話す？」

話されてしまっても仕方がないけど、できれば今はまだ話してほしくない。

「どうかしら。必要だと思えば。とりあえずは黙っててあげる」

「必要だと思えば、って？」

「例えば、捜査が進んで、どうやらちっちの行動も重要らしいって分かったときとか。逆に無関係だって分かったら、ずっと黙っててあげるわよ」

そのあたり、ミユは融通が利く性格のようだった。ありがたい。

「だったら、お兄さんから何か情報もらえない？　捜査の進展具合とか……あ、そういうのって守秘義務とかで無理なのかな」

「ま、兄さんは私のこと大好きだから……一応、聞くだけ聞いといてあげるわ。でもあまり期待しないでね」

妹が大好きだから捜査情報を漏らす刑事というのはどうなんだろう……と思ったが、あたしにとって有意義なら突っ込まないことにする。

結局、大きな収穫は得られなかった。けどあたしは、自分が意外にすっきりしていることに気づいた。

その理由はおそらく、今まで誰にも言えなかったことを全部言ってしまったことと、そして予想していた以上に、ミユが何というか、友好的だったこと。

あたしはある意味、ミユのせいで夢を諦めた。だけどそれはミユのせいじゃない。そんなことは分かってる。なのにあたしは、ずっとミユを避けたままで別れてしまった。

でも、それを気にしていないのか、それとも覚えていないのか……とにかくミユは、そのことであたしを責めたり避けたりはしなかった。

だったらあたしは、ここからまた、ミユとの関係を築けるのかもしれない。

あたしが唯一、自分から興味を持った相手。なのに自分から拒絶してしまった相手。

あのときからずっと、あたしの喉元に刺さったままの小骨を、抜いてしまえるのかもしれない――そんな淡い期待が、あたしの中に確かにあった。

「じゃあ……話も終わったし、帰るわ。また連絡していい？」

「ええ、いいわよ」

そうして連絡先を交換し、ミユの部屋を出て階段を下り、玄関で靴を履く。

「ねぇ」

いきなり後ろから声がして、びっくりして振り返る。そこにはミユが立っていた。足音も立てずについてこないでほしいと思ったけど、わざわざ見送りに来てくれたのだとしたら少し嬉しい。

「びっくりした。何？」

驚くあたしを不思議そうな顔で見つめて、ミユはぽつりと言う。

「ちっちの用事って、それだけなの？」

うん？　他に何か……と、言われて一つ忘れていたことを思い出す。

「あ、そうだ。ジュース代返してよ」

「……ああ、そうね。いくら？」

「一三〇円」

一度部屋に引き返して小銭を取ってきて、それをあたしに差し出すミユ。白い手に痛々しい火傷の跡を、だけどミユは隠そうともしない。左手で渡せばいいのに。

気にしない顔でそれを受け取りながら、火傷から目をそらすように、あたしはもう一つ思い出したことをなんとなく口にしていた。

「そう言えば……中学のとき、原下さんにもジュース代、貸したことがあるんだよね。結局返してもらえずじまいだったけど」

「ああ……私も、何回か貸したことがあるわ。最初から、返してもらえないつもりで貸してたけどね」

「返ってきた？」

「一回も。ま、そういう人だったわよね」

どうやら、原下さんに対する印象はミユも同じようだ。

だとしたらやっぱり、中学時代にいじめをしていて、それであのノートの存在を気にかけていたというのがしっくりくるな……と、失礼ながら、死者を冒瀆《ぼうとく》するようなことを考えてしまった。

4

葬儀に鯨幕を使用することが一般的になったのは意外と最近のことで、昭和初期くらいからの慣習であるという話がある。誰が最初にそう使い始めたのかは知らないが、その人はきっと、葬儀に参列する人々の心理をよく把握していたのだろう。白黒の幕を背にして沈鬱《ちんうつ》な表情で静かに佇《たたず》む人々を見ていると、それが葬儀にはこの上なく相応《ふさわ》しい色のように思えてくる。

ミユに会った二日後、町内の斎場では朝から原下さんの葬儀が執り行われていた。特に親しいわけでもなかったし、別にあたしが行く必要はなかったのだけど、やっぱり何か気になって足を運んでしまった。

お葬式に出るのは初めてだ。まずは受付で名前と住所を書き、香典を渡す。難しいことではないはずなのに、何故か躊躇してしまう。

なかなか入る踏ん切りがつかずに入り口付近をうろうろしていると、何かあたしと同じように、斎場を遠巻きに見つめている喪服の女性を見つけた。入ろうか入るまいか迷っているような表情だ。あたしと同い年くらいだろうか？　いや、それよりも、なんだかどこかで見覚えがあるような……？

もしもあたしと原下さんの共通の知り合いなら、中学時代の同級生の可能性が高いだろう。記憶を辿ってみて、一人、思い当たる名前があった。うん、多分そうだ。気づいてしまった以上は無視をするのも何だか気分が悪い。相手もなかなか入れず迷っているようだし、話しかけてみることにした。

「あの……人違いだったらごめんなさい。狭間《はざま》、彩《あや》さん？」

声をかけられて、その子は驚いた様子であたしを見た。近くで見て確信する。やっぱり間違いない。狭間彩、まーやと呼ばれていた同級生だ。

「えっ……あ、は、はい。そうですけど」

まるで怯《おび》えているかのようにどもりながら返事をする。昔から少し気の弱い子だったのを思い出す。なんだかんだみんな、大人になっても変わっていないようだ。

「あたし、池境千弦。中学のとき、同級生だった。覚えてない？」

「あ……ちっちゃん……？」

仲の良い子には『ちっち』と呼ばれていたけど、そこまで親しくない子には『ちっちゃん』と呼ばれることもあった。向こうがこっちをあだ名で呼ぶならこっちもそうしないと駄目かな、なんて妙なお返し意識が働く。

「うん。久しぶり。まーやちゃんも原下さんのお葬式、来てたんだね」

「あ……私は、その……」

狭間さんはしどろもどろと挙動不審な様子で、あたしと目を合わせようともしない。何をそんなに慌てているんだろう？

「あの、よかったら一緒に受付に行かない？　あたしも一人で、なかなか入れなくて」

なるべく優しく声をかけたつもりだった。だけど狭間さんは、

「私……ご、ごめんなさい！」

そう言って踵を返し、逃げるように走り去ってしまった。

何だろう、なんか、怖がられてた？　確かに中学時代も特に仲が良かったわけじゃないけど、別に嫌われてたわけでもないと思うんだけどな……それとも、もしかしたらあたしが気づいてないだけで、本当は嫌われてたりしたんだろうか。だとしたらさすがにちょっとショックだ。

マキなんかには、あんた本当は他人に興味ないでしょ、なんて言われたことがある。そんなことないと思ってたけど、実はその通りで、自分が人から嫌われていても気づいてなかっただけなんだろうか……。

期せずして葬式に相応《ふさわ》しい落ち込んだ雰囲気をまとったあたしは、これ幸いとそのまま受付へ行って、脳内で練習していた「この度はご愁傷さまです」という台詞をよどみなく口にした。そして芳名帳に名前と住所を書き、香典を取り出そうとしたところで、それに気づいて思わず声をあげそうになった。

芳名帳。あたしは左のページの終わり辺りに名前を書いた。その後何気なく目を走らせた右のページの始まり辺りに、その名前はあった。

田中奈美子

なんで。どうしてその名前がここに。

同姓同名？　別に珍しい名前じゃない。でも、このタイミングで？

「あの……すみません、この、田中奈美子って人は……」

あたしは思わず、受付の人にそのまま疑問をぶつけてしまった。

「はい？」

「あ、いえ……あの、どんな人でした？　その、知り合いかもしれなくて」

「はぁ……田中奈美子さん……すみません、お名前だけではちょっと……」

それはそうだろう。何十人という弔問客を相手にしているのだから、その中の一人なんて覚えているわけがない。

「ですよね……すみません」

馬鹿《ばか》な質問をしてしまった。諦めて香典を取り出して渡す。すると受付の人は、その香典袋を受け取る手をふと止めた。

「……もしかしたら、あの人かしら」

「え？」

「いえね、ちょっと前に来られて、御香典《おこうでん》だけ置いて帰ってしまわれたんですけど。御香典の中に、どうも小銭が入ってたみたいなんですよ」

香典に、小銭？　普通に考えたらあり得ないはずだ。失礼のないように、香典の金額はちゃんと調べてきた。故人との関係によって、三千円、五千円、一万円、三万円……いずれもきりのいい金額で、折り目のついたお札で入れることが常識。端数《はすう》を含む金額などないはずだ。お賽銭《さいせん》でもあるまいし、語呂合《ごろあ》わせで小銭を入れることもしないだろう。

「おかしいなとは思ったんですけど、なんで小銭が入ってるんですか、なんて聞けないでしょう。あの人が確か、田中奈美子さんじゃなかったかしら」

「その人、どんな人だったか覚えてます？」

「えぇえぇ、思い出したわ。それがねぇ、帽子と眼鏡にマスクもしてて、まるで変装してるみたいだったんですよ」

なんだそれ。帽子と眼鏡にマスクをして斎場に現れ、小銭交じりの香典を渡し、田中奈美子と名前を書いた人物。怪しすぎる。

「どういうことかしら。あなたのお知り合いなの？」

「あ……ええと、どうでしょう……」

興味津々といった様子で食いついてくる受付の人を曖昧《あいまい》にかわす。あまりここで話し込んで注目されるのは避けたい。香典の件は気になるけど、まさかここで開けてもらうわけにもいかない。後でミユに報告しよう、と思いながら、その後の葬儀に参加した。

参列者は三〇人くらいだろうか。お葬式は初めてだからこれが多いのか少ないのかは分からないが、田舎にしては少ないような気もする。同じ年くらいの参列者をあまり見かけないのも、友達は来ないのかな、と思ってしまう。

喪主である父親の挨拶をぼんやりと聞く。出来の悪い娘だったが、最期までひと様に迷惑をかけて申し訳ない、と涙ながらに語っている。父親としては自殺だと思っているのだろうか。あの涙はどういう涙なんだろう。

その後、出棺を見送って葬儀は終わりとなった。特に感慨はなかった。結局あたしは棺《かん》桶《おけ》しか見ていないので、本当にそこに原下さんの遺体があったのか、そんな実感すら持てなかった。火葬まで見ればまた違うのかもしれないけど、もちろん火葬場まではついて行かない。そこまで行くのは家族や親しい友人だけだ。

なんだか色んなことでもやもやとした気持ちを抱えながら駐車場に向かう途中、不意に後ろから声をかけられた。

「池境さんじゃないですか？」

落ち着いた男性の声に振り返ると、そこに立っていたのは喪服に身を包んだ初老の男性だった。

「ああ、やっぱりそうだ。私が分かりますか」

一瞬迷ったけど、すぐに思い出した。人の顔を覚えるのが苦手なあたしだけど、さすがにクラス担任の顔くらいは覚えていたようだ。

「向井《むかい》先生、ですよね。お久しぶりです」

向井登志彦《としひこ》。中学一年と二年のときのクラス担任だ。つまり原下さんの担任でもある。

「お久しぶりです。立派な大人になりましたね。原下さんともこうして再会できなかったことが本当に残念です」

痛ましい表情で数珠《じゅず》を握りしめる。昔から、生徒思いで人気のある先生だった。中学生にも敬語を使い、子供が相手でも一人の人間としてきちんと扱っている、そう思わせてくれる先生だ。

原下さんのことについては何とも言いようがなかったけど、このまま返事だけして帰るのも変な話だ。ひとまず当《あ》たり障《さわ》りのない話題に転換する。

「先生は、まだ中学校にいらっしゃるんですか？」

「ああ、私は今、東京の中学で教頭をやってるんですよ」

「え、そうなんですか。あたしも東京に就職が決まって、もうすぐ引っ越しなんです」

「それはおめでとうございます。どういったお仕事に？」

「出版社です。編集者になるんだと思います」

「それはそれは……池境さんらしいですね」

にこにこと頷いてくれる。今でもあの優しさは健在のようだ。

「では、名刺を渡しておきましょう。困ったことがあったらいつでもどうぞ。東京に来たら一度連絡してください。就職と引っ越し祝いに、おいしいものをご馳走《ちそう》しましょう」

「はい、ありがとうございます」

素直に名刺を受け取る。向井先生なら、社交辞令ではなく本気で言ってくれているのだろうと思える。一人で東京に行くのは少し不安もあったし、いざとなったら遠慮なく頼らせてもらおう。

そうして向井先生と別れた後、帰りの車の中でふと、先生に聞いてみればよかったと気づいたことがあった。

向井先生は、田中奈美子のことを覚えているだろうか。

5

ろくに手入れされていないことがありありと分かるぼさぼさの黒髪に、実用性重視な度の強い眼鏡、オシャレとは何の縁もない学生ジャージ。

そんなダッサい格好なのに顔だけは綺麗なミユが、布団にくるまったままスマートフォンでリズムゲームをやっている。

「……そのゲーム、あたしもやってるよ」

「そう。レベルとランクは？」

「えーと、確かレベルは90くらいで、ランクはBだったかな」

「はっ」

鼻で笑われた。

「……そっちは？」

「ふっ」

にやりと笑われた。なんだこいつ。

今日葬儀場であったことを一通りミユに話したのだけど、ミユは楽しそうに聞いているばっかりで、何も言ってくれない。挙げ句はゲームをやり始める始末。

「ねぇ、何か分かんないの？」

「分からないわよ。田中さんの香典にしてもまーやちゃんのことにしても、情報が少なすぎるわ。せめてもう少し詳しい話を本人か関係者から聞かないと」

「簡単に聞けたら苦労しないよ。じゃあ、お兄さんの方は？　何か情報ある？」

「兄さんとはまだ会ってもいないわ。今度帰ってくるって言ってたから、そのときに聞いといてあげる」

県警の刑事さんであるミユのお兄さんは、大分市内の独身寮に住んでいるらしい。滅多《めった》に帰ってこないけど、今回は死亡したのがミユの元同級生ということで事情を聞きに帰ってくるのだそうだ。

「今度っていつなの？　あたしもう東京に引っ越しなんだけど」

「犯罪者じゃないんだから、気にしないで引っ越せばいいじゃない。何か分かれば電話なりメールなりで教えてあげるわよ」

多分、ミユの言う通りなのだろう。あたしは犯罪者ではないのだから、東京へ行くことは逃亡でも何でもない。刑事さんにも話してるけど、気にせず行ってくれて大丈夫だと言われている。

「だけど、気になるよ。これじゃあ色んなことが謎のままだ。こんなんじゃ仕事にも集中できないかもしれない」

「大丈夫よ。初めて就職するんでしょ？　きっとそんなこと思い出す暇もないくらい忙しくなるわよ」

「それはそれで嫌だなぁ……」

「ま、頑張って」

ごろんと寝転がってゲームの続きを始めるミユ。きっと毎日がこんな感じなのだろう。作家という仕事はいいなぁと今さらながらに思う。

作家を諦めたあたしは、もうすぐ編集者だ。そのことは何となくミユには言ってない。

とにかく、今はこれ以上の謎解きは無理みたいだ。

たくさんの謎をこの町に残したまま、あたしは東京へ引っ越すことになった。

田舎者は東京へ行くだけで一苦労だ。まず家から市内まで電車で一時間。市内から空港までバスで一時間。そして東京まで飛行機で一時間半。待ち時間も含めると、引っ越し当日はほぼ半日ずっと移動しっぱなしになる。

飛行機の中で、暇をつぶすために持ってきた小説を取り出す。

タイトル『夜神楽花火《よかぐらはなび》』、著者は如月海羽。

ミユの新人賞受賞作であり、デビュー作だ。

あたしはこれまで、ミユの小説を一冊も読んだことがなかった。如月海羽がミユだと知らなかったというのもあるし、少女小説というジャンルにあまり興味が持てなかったというのも理由としてある。けどこんな形で繋がりができたのだから、とりあえずデビュー作くらいは読んでおこうと思ったのだ。

世間の声によると、作家・如月海羽はデビュー作が最も評価されているということだった。少女小説というジャンルながら、地方の伝記が絡んだ殺人事件にメタ的な視点を織り込んだ意欲作で、賛否両論ありながらもミステリとして高い評価を受けている。もちろん田舎の情景を色鮮やかに描く文章も評判がよく、売れ行きは上々、複数の賞にノミネートされたり受賞したりもして、女子高生作家ということもあって一時期はかなり話題だったようだ。それ以降は同じレーベルから細々と、鳴かず飛ばずで少女小説を出し続けているが、他のミステリ系レーベルや一般文芸への進出は今でも期待されているのだとか（今のところその様子はないようだが）。

作品の内容的には、あたしとしても好みな感じだ。中学生のとき以来、ミユのまともな小説作品は読んでいない。作家を諦めた今なら、もう実力差に打ちのめされることもなく純粋に楽しむことができるだろう。

そう思ってあたしは、飛行機のシートに身を沈めながら、その本の表紙をめくる。

如月海羽著『夜神楽花火』は、他の小説にはあまり見ない『前書き』から始まる。世間の評によると、この作品の魅力の半分がその前書きにあるということだった。

さて、どういうことだろう。わくわくしながら、あたしは最初のページをめくった。

前書き

この小説を、今は亡き私の最愛の親友に捧《ささ》ぐ。

予《あらかじ》め、読者諸氏にはご了承いただきたい。

そもそもこの小説は、正確に言えば私の作品ではない。亡くなった親友が途中まで書いていた原稿を見つけ、私が手を加えて完成させたものだ。

この小説の前半は、彼女の手による自伝という形で進んでいく。

中学卒業とともに地元を離れていた私は、その間に彼女がかくも奇妙なる事件に巻き込まれていたことを知る由もなかった。

私が地元に戻り久しぶりの再会を果たした時、彼女はすでに正気を失い、まるで幼子《おさなご》のごとく振る舞うようになっていた。

私がすべてを知ったのは、彼女が亡くなった後。彼女の部屋から見つかった遺稿を読んでからのことだ。

未完成のその原稿から、私は何とかあのかくも奇妙なる事件の真相を突き止めることができたように思う。

この小説の後半は、その原稿を手に入れてからの私の自伝という形で進んでいく。

ここであらためて、読者諸氏にはご了承いただきたい。

そもそもこの小説は、正確に言えば私の作品ではない。亡くなった親友が途中まで書いていた原稿を見つけ、私が手を加えて完成させたものだ。

なので、この小説の後半において語られる真相は、前半に起こる事件の真相を正しく解き明かしていると保証できるものではない。

もしも私が気付けなかった真相にお気づきになったなら、ぜひ教えてほしい。

それが彼女への、何よりの手向《たむ》けになるであろうから。


そこまで読んで、本を閉じた。

なるほど。如月海羽の『夜神楽花火』はその前書きが魅力の半分である、という世間の評は、よく理解できた。

この前書きの存在により、読者は「この小説はノンフィクションなのか?」というところから考えることになる。作中に登場する地名や人名、歴史および事件が、調べてみるとすべて実在のものであると分かるらしいのも盛り上がる点だろう。

そして、小説の後半で明かされるのとは別の真相があるに違いないと、一時はネット上で様々な推理合戦が繰り広げられたという。その戦いの痕跡《こんせき》は今でも確認することができる。上手いやり方だ、と思う。

だけど、そんなのすべてどうでもいい。

その前書きを読んだだけであたしは、おそらく、読者の誰もが気づいていないであろうこの小説の真相に、気づいてしまった。

第四章

夜《よ》神楽《かぐら》花火《はなび》

1

東京メトロ有楽町《ゆうらくちょう》線、護国寺《ごこくじ》駅の六番出口には、K社へ直通の出入り口がある。関係者以外は使わないであろうその出入り口を初めて使ったときはさすがに緊張したものだけど、一ヵ月も経《た》つとすっかり慣れてしまった。

あたしが勤めることになったK社は、文京区音羽《おとわ》にある出版社だ。明治四二年創業の歴史ある大手だけあって、その重厚な社屋はどこか威圧感さえ感じさせる。

ミユの言った通り、研修期間は覚えることが多くて大変で、とてもではないが事件のことを思い出す余裕もなかった。その間、ミユからも刑事さんからも特に連絡はなく、田中《たなか》奈美子《なみこ》のアカウントもとっくに削除していたあたしは、事件のことを半分忘れて過ごしていた。

約一ヵ月の研修期間も残すところあと一週間となった。研修が終わればいよいよ正式に配属部署が決まる。五月には連休もちゃんともらえるらしい。その連休と正式配属を楽しみに、日々研修に励《はげ》んでいたあたしだったが。

「女性ファッション誌、ですか？」

その日の昼休み、研修期間中の暫定的な上司と社内食堂で昼食を取っていたとき、上司からいきなり、あなたはおそらく女性誌の部門に配属になると告げられた。

「そう。女性社員ばかりで働きやすいわよ」

「あの……でもあたし、文芸を希望してたんですけど」

あたしは小説の編集者になりたくて出版社を選んだのだ。女性ファッション誌なんて何の興味もない……とまでは言わないけど、希望とかけ離れていることは間違いない。

「ああ、文芸希望だったの。でも希望が必ず通るとは限らないからね」

なるほど、会社とはそういうものなのだろう。だけど、この希望が通ると通らないとでは今後の仕事のモチベーションに天と地ほどの差が出てしまう。簡単に諦めるわけにはいかなかった。

「それって、もう決まりなんですか？」

「うーん、まだ決まりってわけじゃないんだけど」

「じゃあ、何か方法はありませんか？　あたし、どうしても文芸を担当したいんです」

「そうねぇ……」

上司は新人のわがままにも嫌な顔をせず真剣に考えてくれる。研修中の上司がこの人だったのは幸運だと言っていいだろう。やがて上司は顔を上げ、一つの光明をあたしに授けてくれた。

「文芸出版局の局長が、直接あなたを引っ張れば、可能性はあるかも」

「文芸の局長ですか。どなたですか？」

「えっと……ああほら、あそこでうどん食べてる人」

上司の指さす先を見ると、恰幅《かっぷく》の良い初老の男性が、おいしそうにうどんをすすっていた。ぱっと見は人の良さそうなおじ様だ。

「なるほど。あの人を説得すればいいんですね。ちょっと失礼します」

「え、今から？」

驚く上司に頭を下げ、あたしは自分のオムライスのトレーを持って局長へと近づいた。

幸いにしてちょうど隣の席が空いている。

「すみません、お隣よろしいですか？」

「ん？　はいはい、どうぞ」

局長はにこにこと頷いてくれる。会釈しながら隣へ座り、あたしは早速切り出した。

「文芸の局長さんですよね」

「はい。そちらは？」

「新入社員の池境《ちざかい》と申します。どうぞよろしくお願いいたします」

「はいどうも。これから頑張ってくださいね」

「ありがとうございます。あたし、そろそろ研修期間が終わりで、そうしたら本配属になるんですけど」

「うん、そんな時期だね」

「あたし、どうしても文芸の編集者になりたいんです」

「嬉しいね」

「でも、今の上司の話だと、女性誌の部門に配属されるんじゃないかって」

「なるほど」

「だけど局長が直接希望すれば、文芸に行けるかもって聞きました。お願いします、あたしを文芸に引っぱってくれませんか？」

「仰《おっしゃ》ることは、分かりました」

丼《どんぶり》を傾けておつゆをすすり、ふう、と一息つく局長。

「文芸がいいという君の気持ちは嬉しいけど、部署への配属は人事が決めることでね。基本的には口を出さないようにしてるんだ。配属は人事なりの理由があってのことだし、自分のやりたい仕事ばかりができるわけじゃない。それが会社ってものだよ」

局長の言うことはもちろん分かっている。それが正論だ。あたしだって普段なら、そういうものに逆らったりはしない。そんなエネルギーを持ち合わせてはいない。

でも、今このときだけは別だ。

小説家の夢を諦めて以来、何の輝きも持たずに生きてきた。高校も大学も、ただ周りに合わせて無難に過ごすだけの日々を生きてきた。

けど、編集者という形でもう一度小説を作ることに携われたら。あたしの人生は、再び輝きを取り戻せるかもしれない。ここで小説の編集者になれるかどうかは、大げさに言えば、あたしの人生の分岐点なのだ。

だから、ここはひとつ、粘《ねば》れあたし。

「局長の仰ることはごもっともです。ですが、新入社員といえど、いえ新入社員だからこそ、モチベーションによって仕事の質は大きく変わってくると思います。面接、採用、研修、一人の新人のためにどれだけの予算と人員が割《さ》かれているかは存じませんが、最大の費用対効果を生むためには、なるべく本人希望の部署に配属する。その方が会社としても利益になるのではないでしょうか」

「幼稚な詭弁《きべん》だ」

頑張って喋ったのだけど、ばっさりとあしらわれてしまった。さすが、局長という立場にまで昇り詰めた人間は簡単には倒せない。

「でも、面白い子だね。そこまで言うなら面接をしてみようか」

「面接……ですか？」

「そう。ちざかいさん、だっけ？　あなたを採用することで、我が文芸出版局にはどのようなメリットがありますか？」

これは。面接対策で散々苦しめられた質問だ。

テンプレとしての答えはいくつか頭に浮かぶ。だけど今求められているのはそんな答えじゃないだろう。局長は、あたしのことを面白いと言った。ならばつまらない答えを口にした瞬間に、この面接は不採用で終了する。

考えろ。文芸局があたしを採るメリット。何かないか。あたしだけのメリットが——

——あった。

「局長」

これしかない、と思った。

「作家の如月海羽《きさらぎうみは》、ご存じですか？」

局長の目が、ぎらりと光った、ような気がした。

「もちろん知ってるよ」

「彼女のデビュー作『夜神楽花火《よかぐらはなび》』は、少女小説でありながらミステリ業界で高く評価されました。だけどその後、彼女は鳴かず飛ばずです。少女小説のメイン読者層である女子中高生からは、作家の持ち味であるミステリ要素があまり望まれない。しかしミステリ要素を望む大人の男性読者からは、女子中高生向けの装丁が敬遠される。如月海羽が売れないのは、決定的にレーベルが合っていないからだとする論もあります」

「同感だねぇ」

まずは共通認識の確認。こんなことは局長も当然知っているだろう。

「一般やミステリ系のレーベルへの進出を望む声は多いのに、何故か彼女は一向にレーベルを出ようとしない。如月海羽が本格を書けば、ミステリ系の賞を総舐《そうな》めにすることも不可能ではない、という意見すら見かけます」

ネットで見た中でも最大級の賛辞を引用する。正直さすがに熱狂的なファンの贔屓目《ひいきめ》が過ぎるとは思うが、ここは少し大げさなくらいでいい。事実、局長の表情が、その判断が正解であったことを物語っている。

「それは夢のある話だ」

「ここの文芸局にも、ミステリ系のレーベルがありますよね。彼女に声をかけたことはないんですか？」

「もちろんある。何人かの編集者が声をかけたけど、すべて断られてるね」

「如月海羽の本格推理小説第一弾、うちから出したくないですか？」

「出したいねぇ」

局長の目つきが鋭くなっている。で、出せるのか？　そう問われているのが分かる。

「あたしは、如月海羽の同級生です。如月海羽はあたしに、大きな借りがあります。それをまだ返してもらってません」

「……ほう」

局長が低く呟く。マキの口癖を拝借したが、これは本当のことだ。あたしはミユに、大きな貸しがあることに最近気づいた。その貸しを返してもらう。

「あたしなら、如月海羽を引っ張ってこられます」

しばし、無言のにらみ合いが続く。あたしに切れるカードはこれだけだ。これが駄目ならもう打つ手はない。どうだ、と挑みかかる気持ちと、どうか、と縋《すが》りつく気持ち。両方を込めて局長の目を見つめ続ける。

ややあって。

「……研修期間は、今月末までだね」

「はい」

「それまでに、如月海羽からうちで書くという確約を取れたなら、君には文芸に来てもらおう。そして如月海羽の担当になってもらう」

「っ……はい」

思わず快哉《かいさい》を叫びそうになったのを、必死で飲み込む。

やった。これであたしは、小説の編集者になれる。また、小説を作れるんだ。

「ただし、それが無理だったら大人しく人事の決めた配属に従うこと。モチベーションが低くても、社会人として勤めを全《まっと》うしなさい。いいね」

「はい、もちろんです」

答えながら、あたしはそんな心配をまったくしていなかった。

如月海羽は——ミユは、首を縦に振る。

その絶対的な確信が、あたしの中にはあった。

2

その日の夜、あたしは早速ミユに電話した。善は急げだ。

時刻は夜八時。普通の人なら起きている時間だが、ミユに限っては分からない。書きたいときに書き、食べたいときに食べ、寝たいときに寝る。そんな世捨て人のような生活を送っているのだと言っていた。だから今だって寝ている可能性は十分にある。

案の定。

『……………………なに』

長いコールの後でやっと電話に出たミユは、さらに長い沈黙の後、どうにかこうにかという様子で一言だけ呟いた。

「ねぇミユ、話してなかったけどさ、あたし今、K社で働いてるの」

『へぇ』

電話の向こうで、こくこくと小さな嚥下音。寝起きのジュースだろう。

「ミユさ、うちで書いてよ」

『いや』

即答で否定される。しかしこれは予想の範囲だ。

「どうして？　今のレーベルより、そっちの方が売れると思うけど」

『だからよ……私は、書きたい物を書きたいときに書いて、それで最低限食べていけるだけのお金がもらえればいいの……売れたいとかは別に思わないし……それで忙しくなって思うように書けなくなるのは、もっと嫌……』

半分寝ているようなぼんやりした口調で、それでもミユはしっかりと自分の考えを口にする。それはだいたいあたしが想像していた通りのものだった。要するにミユは、ぐーたらしながら好きな物を書ければそれでいいのだ。

「なるほどね。でもそれなら、ミユはあたしの言うことを聞くしかないよ」

『……どうして？』

あたしの断言に、ミユの声色が少し変わった。興味深そうに、どこか楽しそうに。

返事は一言だけで十分だった。

「夜神楽花火、読んだよ」

『……そう』

やはりミユは、その一言だけですべてを察したようだった。当たり前か。

『で、それでどうして私がちっちの言うことを聞かないといけないの？』

言うまでもないことなのに、ミユはわざわざそんなことを聞いてくる。ミユなりのけじめのつもりなのかもしれない。だったらあたしも、ちゃんと付き合うことにした。

「あれ、盗作だよね」

『誰の？』

「あたしの」

頭の中で、原稿用紙が燃える。

「あたしが中学時代、焼却炉で燃やしたはずの原稿。夜神楽花火は、あれの盗作だ」

前書きを読んだだけで分かった。あれは、あたしが原稿用紙に書き綴っていた妄想の物語をアレンジしたものだ。

電話の向こうで、ミユが小さく息を吸う音がした。

『……正直、もっと早くバレると思ってたのよ？　それこそデビュー直後くらいに。そうなったときのちっちの反応と、私自身の反応を楽しみにしてたのに、なしのつぶてなんだもの。ちっち、私に全然興味ないんだって悲しかったんだから』

しらばっくれる様子も、言い訳する様子もない。ミユはただ淡々と事実を認める。

「あの頃はね。ミユのせいで小説家の夢を潰《つぶ》されて、ミユのこと避けてたから」

『自分で勝手に夢を潰したんでしょう？　私のせいにされても困るわ』

「ん、そだね」

まったくその通りだ。あたしが勝手に実力差に打ちのめされて、勝手に諦めただけ。

『この前、起きたら目の前にあなたがいたときは、ああ、やっと気づいてくれたってどきどきしたのよ。まるで、こっそり書いたラブレターがやっと想い人に届いたみたいな気分だったわ。何を言われるんだろうって楽しみで、怖くて』

「そうだったんだ。あんまり驚いてないように見えたから、こっちは戸惑ってたよ」

『ジュースを買いに行かせたでしょ？　あのとき、布団の中で深呼吸してたのよ。ちっちが帰ってきたらなんでもない顔でいられるように』

「乙女か」

『なのにちっち、全然違う話をして帰ろうとするんだもの。本当に気づいてないのか、話そうとしたことを忘れてるんじゃないかって、呼び止めて火傷の跡を見せたりしたのに、結局ジュース代だけ受け取って帰っちゃって』

「あれ、わざとだったんだ」

左手で渡せばいいのに、と考えたことを思い出す。あれはミユの「私を告発することを忘れてないか」というアピールだったわけだ。そう思うと、あのときのミユの仕草《しぐさ》すべてがなんだか可愛らしく思えてくる。というか、勝手に無感情な執筆機械のようにイメージしてたけど、もしかしたらミユはあたしよりも感情豊かなのかもしれない。

「ねぇミユ、あの火傷の跡ってさ」

『ちっちが火をつけた原稿を、素手で拾っちゃってね』

「なんでそんなこと」

『原稿が燃えてるのを見て、考えるより先に手が出てたわ。そこにある物語が、私が知らないままに消えてしまうのが耐えられなかった。捨てるくらいなら私にちょうだい、って思ったのね』

「馬鹿だな。言ってくれたらあげたのに」

『あの頃は、絶対にくれなかったと思うけど』

「まぁ、そうかもね。でも、せっかく綺麗な手なのに」

『ありがとう。いいのよ、補って余りある拾い物だったわ』

あたしとミユは、良い思い出話をしているかのように、穏やかに言葉を交わす。

『ねぇ、ちっち。遅くなったけど、感想を聞かせて。あなたはあのとき、私の小説を読んでどう思ったの？』

「文章がすごく綺麗だと思った」

『でしょう？　でも、それだけ。内容なんて何もなかったでしょ』

確かに、ストーリーは何も覚えていない。というより、作中では特に何も起こらなかったような気がする。

「あえてそういう風に書いたのかと思ってたけど」

『違うわ。何も面白いことを思いつかなかったの。だから、ちっちの小説が読んでみたかった。どんなことを書いてるんだろうって』

「どんなだった？」

『稚拙な文章だったわ。てにをはもしっかりしてないし、何でもかんでも説明しようとするし、キャラクターは作者の都合で動かされてる』

「言いたい放題だな……」

『でも、面白かった』

ああ。

そのたった一言が、あたしの胸の中にゆっくりとしみ込んでくる。

『読んでてイライラしたわ。どうしてこんなに文章の下手な人が、こんなに面白い話を思いつくんだ、って。しかもそれを燃やすなんて。だから、私が盗んで書き直したの。あなたが燃やした小説は、こんなにも面白いんだって教えてやりたくて』

「そっか。読むのが遅くなってごめんね」

『本当よ』

「でも、もし出版されてすぐにあたしが読んで、盗作だって騒いだらどうするつもりだったの？　デビュー取り消しとかになってたんじゃない？」

『それはそれで面白そうじゃない。そうなったら、世間の反応とか、ちっちが私に何を言ってくるのかとか、私はどんなことを思うのかとか……そういうのを小説にしようと思ってたわ。自分でお話を考えるのが苦手だから、そうやってお話を作ってるのよ』

「それ、ノンフィクションって言わない？」

『それをアレンジしてフィクションにするのは得意なの』

「もしかして、如月海羽の既刊って全部そんな風に書かれてるの？」

『さぁ、それはどうかしら』

ここまで言っておいてそこをはぐらかすのか。まぁ別にいいけど。

「とにかく、あたしはミユに、大きな貸しがあることになるよね」

『そうね。それで？』

「だから、それを返してほしい」

『どうやって？』

「夜神楽花火が盗作だってことは誰にも言わない。その代わり、うちで書いてよ」

最も評価されているデビュー作が盗作だったと知られたら、作家としての如月海羽は大きなダメージを受けるだろう。それでも作家を続けることはできるかもしれないが、ミユの望む「書きたい物を書きたいときに書いて食べていける作家」であり続けるのは難しくなるのではないだろうか。

しばらく沈黙していたミユは、探るようにゆっくりと、あたしに問うてくる。

『ちっちは、怒ってないの？　自分の作品を盗まれて、勝手にアレンジされて、それで私が評価されて、お金をもらって』

怒る？　あたしが？

言われてみて、初めて気づいた。そうか、普通ならあたしは、怒ってもいいのか。何故だかまるでそんな発想がなかった。

「夜神楽花火を読んだとき、さ」

『うん』

「嬉しかったんだ。自分で燃やした物語が、稚拙な妄想でしかなかった物語が、完璧《かんぺき》な形で小説になってた。あれはこういう物語だったんだって、初めて理解できた気がした」

電話の向こうのミユは、何も言わない。

「あたしね、昔から、なんか自分がこの世界の人間じゃないような気がしててね。で、あたしがいてもいい世界を作りたくて小説を書いてたんだけど……ミユの小説を読んで、自分には無理だと思って、自分の小説を燃やした。自分で、自分の世界を燃やしたんだ。あたし多分、あのときに一回死んでるんだよね」

だから今まで、高校も大学も、なんだか現実感がなかったんだと思う。当然だ。あたしは死にながら生きてたんだから。

「でも、あの原稿をミユが拾ってくれて、ちゃんとした小説にしてくれて……夜神楽花火を読んだとき、初めて、あたしがいてもいい世界が本当に生まれたような気がした。なんだか、あのとき死んだ自分が、生き返ったような気がしたんだ」

皮肉でもおべっかでもない。それがあたしの、偽らざる本音だった。

世界を作りたいと思っていた。だけど、その種を作るだけで、芽吹かせることはできなかった。それでふてくされて捨ててしまった種を、ミユが拾って、芽吹かせてくれて、花まで咲かせてくれた。

「だから、怒るどころか、ミユにはむしろ感謝してる」

今、分かった。あたしはミユに、お礼を言いたかったんだ。

「おかげで今、仕事がちょっと楽しいんだ。だからさ、ミユ。うちで書いてよ。じゃないとデビュー作が盗作だってバラす」

『……感謝してる相手に対する態度じゃないわね』

「それはそれ、これはこれ。そっちに拒否権はないと思うけど」

こっちだって、小説の編集者になれるか否かという瀬戸際なのだ。使えるものは何でも使っていく。

ミユは、電話の向こうでふふっと小さく笑って。

『ねぇちっち。あなた、少しおかしいわね』

「ミユに言われたくないなぁ」

『確かに私も普通じゃないんだろうけど、あなたほどじゃないわ』

「……普通になりたいとは思うんだけど」

『ならなくていいわよ。そうね、一つだけ条件があるわ』

「うちで書く条件？　なに？」

こちらが脅している立場なのに、条件を聞く気満々のあたしがおかしかったのか、ミユは再びくすくす笑う。

そして、言った。

『あなたが、私の担当になるなら。そうしたら書いてあげる』

もちろん、迷うべくもないことだった。

3

「ただいまー」

仕事を終えて、一人暮らしの部屋に帰ってくる。

いつもなら、誰もいない部屋に向かって声をかけたりはしない。だけど今は例外で、返事が返ってくる可能性があるのだ。返ってこなかったけど。バスルームで水の跳ねる音がするから、どうやら客人はシャワーを浴びているようだ。勝手に使っていいとは言ってあるが、思った以上に遠慮がない。

買ってきたものを冷蔵庫にしまい、部屋着に着替えてベッドに腰を下ろして一息。今日も疲れたなぁ、なんて思いながら。

「……よし」

立ち上がって、バスルームの中の人影に声をかける。

「ミユ、何か食べたいものある？」

「プリン」

「あっそ」

晩ご飯の希望を聞いたつもりだったんだけど、お客様は甘味をご所望らしい。その答えを予想してプリンを買って帰ったあたり、あたしも甘いものだ。

あの後、如月海羽から言質《げんち》を取った旨を局長に報告すると、局長は約束通り文芸局であたしを採ると言ってくれた。五月の連休が終われば正式に配属されるそうだ。

また、ミユの要望通り、あたしが如月海羽の担当編集者になるということも決まった。ただし新人一人に担当を任せるわけにはいかないので、先輩編集者と組んで、あたしは副担当という立場になるそうだ。とはいえ、ミユとの基本的なやり取りはあたしに任せると言ってくれている。まぁこのくらいが落とし所だろう。ミユもそれを承諾した。

そして、ミユがうちで書くと決まったということで、顔合わせに一度上京を、という話になった。編集部が航空券もホテルも手配したのだが、ミユが何故かうちに泊めろと言ってきたのでホテルはキャンセル、あたしの狭い部屋には昨日から居候《いそうろう》がごろごろしている、というわけだ。

部屋の隅にまとめられたミユの荷物に目をやる。女性が数泊するにしては驚くほど少ない。それもそのはず、ミユは外出着が一着と下着類、それと例のジャージしか衣類を持ってきていないのだ。あとは簡単な化粧品とノートPC、そして日記帳だけ。

雑にたたまれたジャージの上に、その日記帳が置かれている。毎日どんなことを書いてるんだろう？　気になる。読みたい。読んじゃえ。

さして罪悪感を覚えることもなく、あたしはミユの日記帳を開いた。

なになに。四月三〇日、今日から東京。Cの家に泊まる。Kの不在証明。クローゼットに鍵。証拠品の可能性。明日はCの仕事中に鍵を探す……なんだこれ？

四月三〇日は昨日だ。Cというのはあたしのことだろう。Kって誰だ？　不在証明？　クローゼットに鍵？　あたしはクローゼットに目をやる。鍵なんて最初からかかっていない。証拠品というのもなんのことだかさっぱり分からない。

がちゃりと音がして、ミユがバスルームから出てきた。

「人の日記を勝手に読まないの」

「あんたは服を着なさい」

面倒くさそうに下着を身に着けるミユ。勝手に読むなと言いながら、日記を取り上げようとはしない。

「ねぇ、この日記、何書いてるの？」

「嘘」

「嘘？」

「そう。嘘日記。毎日なんとなく思わせぶりな嘘を書いてるの」

「何でそんなこと」

「もしも私が記憶喪失になって、その嘘日記を読んだら、どうなるかなと思って。小説のネタになりそうじゃない？」

「面白いこと考えるね」

「私が考えたんじゃないわ。マンガに書いてあったのよ。面白そうだったから」

面白そうだったからといって実際にやってしまうのが、何と言うか、ミユらしいとでも言えばいいのだろうか。この子はきっと、小説のネタになりそうだと思ったら何でもやってしまうのだろう。ミユは自分よりあたしの方がおかしいと言ったけど、やっぱりミユの方がよっぽどおかしいと思う。

例のジャージに着替えたミユは、ローテーブルの向かいにはしたなくも片膝《かたひざ》を立てて座り、さて、と一つ手を打った。

「じゃあ、始めましょうか」

あたしは頷いて、テーブルの上にノートを広げた。

東京へ来る前、ミユはお兄さんからいくつかの情報を聞き出してくれたらしい。今日はそれをまとめながら、あらためて事件の整理をしてみようという話になっている。

「まず、起きたことを簡単に」

あたしはノートに日付を書きながら、記憶を辿る。

三月　九日　卒業文集を読む。マキに田中奈美子の連絡先を聞く。結局不明。

一二日　田中奈美子のツイッターアカウントを発見。生き返らせる。

一五日　原下佐織《はらしたさおり》から電話。田中奈美子の連絡先を聞かれる。

一七日『A子』からダイレクトメッセージ。ノートの隠し場所を聞かれる。

二〇日　原下佐織の遺体が発見される。A子のアカウントは消えていた。

二一日　警察の事情聴取を受ける。夜、ミユからダイレクトメッセージ。

二三日　ミユの家へ。

二四日　原下佐織の葬儀。狭間彩《はざまあや》と会う。挙動不審。芳名帳に田中奈美子。

「で、あたしの引っ越し、と」

主な出来事はこのくらいだろう。事件に関係のありそうなことだけを簡単にまとめてみても、何から何まで謎だらけだ。

「お兄さんから聞いた情報っていうのは？」

「主に一九日のことね」

遺体の発見は二〇日だが、原下さんは一九日の夜からホテルにチェックインしていたという。そこまでは聞いていたが、それ以上の詳しい話が聞けたのだろう。

「まず、原下さんの死は、まだ事故か自殺か分かってない。ただ、遺書も自殺の動機も見つかってないらしいわ」

「じゃあ、警察は事故に傾いてる?」

そうであれば問題なかったのだが、ミユは首を横に振る。

「それがね、公表はしてないけど、もう一つの可能性も追ってるそうよ」

「もう一つの可能性?」

「他殺。誰かに突き落とされたのかもしれないって」

ここにきて、事態が深刻さを増してきた。他殺? 殺人事件? まったく考えてもみなかった。警察がそれを疑っているのならそれなりの理由があるはずだ。ますます自分とこの事件のかかわりが気になってくる。

「一九日、原下さんがホテルにチェックインするあたりの出来事を調べたら、怪しい事実が次々に出てきたそうよ。まず……」

ミユの話を聞きながら、あたしはノートに情報を書き記していく。一通り聞き終わる頃には一ページが埋まっていた。

・原下佐織がホテルにチェックインしたのは一九日(月)の二二時五〇分頃。
・予約はなし。フロントの防犯カメラにチェックイン時の映像あり。

・帽子とマスクとサングラス、ロングコートに手袋という服装。
・記帳された住所、氏名、電話番号などはすべてでたらめ。
・一二階の1220号室を指定。喫煙フロア。
・部屋には手荷物の他、帽子、マスク、サングラス、手袋が残されていた。
・部屋からはホテル従業員以外の指紋は検出されなかった。
・遺体の口の中に煙草《たばこ》。原下佐織が普段吸っていたもの。手荷物の中にもあり。
・死亡推定時刻は一九日の二二時半～二三時半頃。
書きとった情報を読み返す。うん、怪しすぎる。

まずは、すぐに一つの疑問が浮かんでくる。

「……これ、チェックインしたの本当に原下さんなの？」

「当然、警察も同じことを考えた。だからその日、同じホテルに泊まってた人を調べたんだって。そうしたらこれまた怪しい人物が見つかった。一九日の二一時半頃に予約なしで来て、そのままチェックイン、翌朝八時にチェックアウト」

それだけだと、言うほど怪しくも思えない気がする。

「確かに気になるタイミングだけど、そこまで怪しいかな」

「部屋を取ったときの名前、住所、電話番号が、全部でたらめだったそうよ」

前言撤回。あからさまに怪しい。

「ちなみに、何号室に泊まってたの？」

「一一階の１１２０号室。原下さんが泊まったとされている部屋の真下ね。不思議なことに、１１２０号室を指定したらしいわよ」

その情報通りに、脳内で人の動きを想像してみる。

「……それ、もう確定じゃない？」

「何が？」

「何がって、だから……」

ほぼ反射的に脳裏に浮かんだ推理を、まとめながら口にしていく。

「……変装した犯人は、二一時半頃に１１２０号室にチェックインして、原下さんをその部屋に呼びつけた。非常階段に一番近い部屋を指定したんだよね。防犯カメラは？」

「エレベーター内にはあり。廊下と非常階段にはなし」

「いいね。じゃあ非常階段から原下さんを招き入れて、1120号室の窓から突き落とした。あ、口の中に煙草って?」

「煙草を吸ってるときに窓から落ちて、落下の衝撃で嚙《か》み千切ったものが口の中に残ってたんじゃないか、ってことよ」

「じゃあ、煙草を吸ってて油断してるときに突き落としたのかもね。で、自分も非常階段で外に出て、今度は変装して原下佐織の名前で1220号室にチェックイン。原下さんの荷物と変装道具をそこに置いて、窓を開けて、自分は1120号室に戻る。あとは翌朝、何食わぬ顔でチェックアウト。遺体が見つかれば、原下さんは1220号室から落ちたように見える……そんなとこじゃない?」

素人の思いつきだけど、辻褄は合っていると思う。実際ミユも一度は首を縦に振った。

「そうね。警察もそう考えたし、私もそう思った。ただ、そうすると一つだけ辻褄の合わないことがあるの」

「何?」

「身長。1120号室に泊まってた怪しい人物……仮に『X』とするけど、防犯カメラに映ってたXは小柄な女性で、原下さんより頭一つ分は小さかったそうなの。だけど原下さんとして1220号室にチェックインした女性は、確かに原下さんと同じくらいの身長だった。履物でごまかしてる様子もなかったそうよ」

「それは……そっか。だとすると、1220号室にチェックインしたのが本当に原下さんかどうかはともかく、少なくともXとは別人ってことか……」

これ以外にあり得ないと思えるくらいの推理だったのだけど、どうもまだ真相に辿り着くには何かが足りないらしい。

「で、そのX候補として警察は目下、原下さんが最近連絡を取った不審な相手を探してるみたいなんだけど」

「……もしかして、あたし？」

「最有力ではないだろうけど、容疑者かもね」

「そんなぁ……」

楽しそうな笑みを口元に浮かべるミユに、恨めしい目線を送る。部外者にはなれそうもないと分かってはいたけど、いざ自分が殺人事件の容疑者かもしれないと考えると、なんだか本当に嫌な気分になる。

「冗談はともかく。警察が原下さんのスマホの履歴を調べて、普段連絡を取らないのに最近急に連絡を取り始めた人間をピックアップしたんだけどね。ちっち以外にも二人、私たちの同級生がいたそうよ」

「誰？」

「一人は、綾瀬真希《あやせまき》さん」

「マキ？　あ、そっか。原下さんに聞かれてあたしの番号教えたって言ってた」

「それだけじゃないわ。綾瀬さんは、一九日にも原下さんに電話をかけていたそうよ。何を話したのか聞いたら、結局田中さんの連絡先は分かったのか気になってかけてみただけだって答えたらしいけど」

「……タイミング的には、気になるね」

「ね。まぁ、綾瀬さんの身長は原下さんと同じくらいだそうだから、Xではないみたいなんだけど。だから本命はもう一人」

「うん……」

原下さんを突き落としたかもしれない人物。それが中学時代の同級生の中にいる。いったい誰だろう？

「狭間、彩さん」

「……まーやちゃん？」

「つい最近、どこかで聞いた名前ね」

「どこかも何も……」

それは、あたしが原下さんの葬儀で会った子だ。どこか怯えているように挙動不審で、話しかけると逃げるように立ち去ってしまった。

「ちょうどXと同じくらいの背格好らしいわよ。かなり怪しいと思わない？」

「うん……でも、まーやちゃんだとしたら、なんで？」

「狭間さん、中学校の頃、原下さんにいじめられてたでしょ。それでじゃない？」

何気なくミユが言った一言に、あたしは心底驚いた。

いじめられてた？　まーやちゃんが？　原下さんに？

「……いじめられてたの？」

「私も詳しくは知らないけど。当時のクラス内での様子からして間違いないと思うわよ」

「そうなんだ……あたし、全然気づかなかった……」

クラス内でいじめがあるなんて、あの頃は考えたこともなかった。なんとなく、みんなそれなりに仲が良いんだろうと思っていた。でも、あまり他人に興味がなさそうに見えたミユでさえいじめに気づいていたのなら、なんであたしは気づかなかったんだろう。

すると、あたしの疑問をあざ笑うかのように、ミユが薄く微笑《ほほえ》んで言った。

「ああ、だってちっちは、他人に興味なさそうだったものね」

まただ。あたしは前にも人からそう言われたことがある。

他人に興味がないなんて、そんなことはないはずだ。あたしはいつも、みんなと同じでいたかった。だから小説を書いてることも隠してたのに。

「……他人に興味がないのは、ミユの方でしょ？」

「人に興味のない人間は、作家になんかならないわよ」

なんだか妙に説得力がある気がする。じゃあ、人に興味がないのは、本当にあたしの方なんだろうか――？

それ以上考えていると、なんだか見てはいけない深淵《しんえん》を覗き込んでしまいそうな気がしたので、あたしは無理矢理思考を事件に向ける。

まーやちゃんが原下さんにいじめられていたのだとしたら、動機は思いつくような気がする。いや、むしろ辻褄が合ってくるのではないか。事件はここへ来て、すべての始まりであるあのノートと結びついたのではないか。いじめの告発ノートの存在を知った原下さんは、まーやちゃんがノートに自分のことを書いているかもしれないと思い、それを確認するために呼び出した、とか？　そして、復讐《ふくしゅう》された……？

だが、それでもまーやちゃんが犯人だという説はしっくりこない。

「動機があったとしても、まーやちゃんが原下さんを突き落とすってあんまり想像つかないな。体格的に、抵抗されて逆に落とされそう」

「まぁ、狭間さんにはアリバイがあるそうなんだけどね」

「アリバイ？」

「二二時半から、現場のすぐ近くにあるカラオケボックスで、一人でカラオケしてたんだって。店員の証言あり」

二二時半。ノートを見ながら、それがどんな時刻かを確認する。

「……死亡推定時刻に、現場のすぐ近くでヒトカラ？」

「面白いわよね」

「面白いっていうか」

怪しい。けど、店員の証言があるなら、アリバイは本物なのだろう。

「警察も、狭間さんと原下さんの関係についてはまだ調査中。防犯カメラに映ったXの背格好は狭間さんと似通っている。けど狭間さんにはアリバイがある。決定的な手掛かりが出てきてないのが現状。だから警察は、もう一つの可能性も考えてるみたい」

「っていうと？」

「単純に、1220号室にチェックインしたのは、本当に原下佐織だった」

ああそうか、と思った。帽子とマスクとサングラス、ロングコートに手袋という格好は、他人になりすまそうとする他に、自分だと気づかれないためという可能性もあるのか。

「原下さんは、何らかの理由で身元を隠してここへ来た。自殺を決意してたからなのか、あるいは」

「あるいは？」

「誰かに脅されてて、指定された部屋で会ってたとか」

「……原下さんが誰かに何か弱みを握られてて、その誰かに部屋を取らされて、そこで何か取引があったってこと?」

「一応辻褄は合うんじゃないかしら。あるいは逆で、原下さんが誰かを脅迫してて、相手を呼びつけたってケースもあるわね」

「どっちかって言うと、その方がありそうな気もするけど。そこで取引が上手くいかなくて、突き落とされた……それがXってこと?」

「かもしれないし、そうじゃないかもしれない。この場合は、脅迫犯が他にいて、Xが事件に何の関係もないただの宿泊客でも問題ないからね」

「ここまで怪しくて、関係ないなんてことあるかな」

「可能性の話よ」

ややこしくなってきた。新しく分かった情報を踏まえて時系列を整理してみる。
・一九日(月)二一時半頃、『X』チェックイン。1120号室を指定。
・『X』は小柄な女性。住所、氏名、電話番号はでたらめ。狭間彩?
・二二時半頃、狭間彩は現場近くで一人でカラオケ。従業員の証言あり。

・二二時五〇分頃、『原下佐織』がチェックイン。1220号室を指定。

・『原下佐織』が本人かは不明だが、『X』とは身長が異なる。

「死亡推定時刻は一九日の二二時半から二三時半頃……チェックインしたのが本物の原下さんなら、二二時五〇分までは生きてたんだから、アリバイのあるまーやちゃんは関係ないってことになるね」

「本物ならね」

「でも、原下さんが偽者だとしたら、まーやちゃんとは身長が違うから、結局関係ないってことなんじゃないの？」

「そう、とは限らない。もう一つ、別の可能性がある」

「ほんと？　なに？」

「まだ秘密。確証がないもの。だから確証を得るために、ちっち、一回大分に帰ってきなさいよ。ちょっと頼みたいことがあるの」

「急に帰れって言われても、仕事もあるし」

「ゴールデンウィークは休めるんでしょ？　いいから帰ってきなさい」

「んん……まぁ、仕方ないか……」

今から飛行機のチケット取ったら高そうだなぁ、なんて思いながら、あたしはしぶしぶ承諾した。何もかもミユに任せてしまうのも虫が良すぎるというものだろう。

翌日、ミユは一足先に大分へと帰って行った。

あたしはと言えば、大分に帰る前に、東京で一つの約束が残っていた。

4

食前酒は、イタリアのスパークリングワイン。スプマンテというらしい。

軽く持ち上げて乾杯し、一口。お酒の味にあまりこだわりはないあたしでも、口当たりがよくて美味しいと感じる。

都内のそこそこ高級なイタリアンレストラン。だけど堅苦しい雰囲気はなく、店内にはカップルよりも家族連れが多い。マナーの厳しいフランス料理でないあたりも、きっと気を遣ってくれたのだろう。

「ではあらためて、ご就職、おめでとうございます」

「ありがとうございます」

柔らかい笑顔で、向井《むかい》先生が祝福してくれる。素直に嬉しいと思う。

大分へ帰る前日、あたしは向井先生にディナーをご馳走になっていた。コースで五千円くらいのお店だ。高級すぎるわけでもないけど、自分では絶対に来ないだろうなと思う。先生に簡単なテーブルマナーを教わりながら食事を進め、一息ついたところで、聞いておきたかったことを聞くことにした。

「でも先生、お葬式のとき、よくすぐにあたしだって分かりましたね」

「それはもちろん。私は受け持った生徒のことはみんな覚えてますよ。それだけが自慢みたいなものです」

「みんなですか？　じゃあ、切小野美夢《きりおのみゆ》は覚えてます？」

「はい。あの子は小説家になったそうですね。休み時間にも書いてたみたいですからね」

「それじゃあ、綾瀬真希は？」

「クラスの中心でしたね。学級委員をお願いしたことがありますけど、あまり貸しを作りたくないという理由で断られてしまいました」

貸しは絶対に返させる主義のマキらしい話だ。それにしてもすごい。本当に生徒のことをエピソードつきで覚えているのか。

「じゃあ……田中奈美子は、覚えてますか？」

いよいよ、一番聞きたかったことを聞いてみる。正直あたしは田中さんのことを全然覚えていない。何の印象もないままに転校していって、いつの間にか自殺してしまった。

向井先生ならどうだろうか?

「田中奈美子……?　さて……高山《たかやま》、田崎《たさき》、田辺《たなべ》……田中……?」

先生は『た』行の名字を並べながら首を傾《かし》げている。生徒のことを五十音順で思い出せるのだろうか。それもすごいことだけど、さすがに田中さんのことは覚えていないようだった。仕方ないけど少し残念だ。

「中学一年のときに転入してきて、一ヵ月でまた転校していった生徒です」

「……ああ、あの子ですか!」

あたしのヒントで先生はすぐに思い出したようだ。

「いや、どうりで思い出せないはずだ」

「さすがに、たった一ヵ月しかいなかった生徒は覚えてませんよね」

苦笑する先生に、フォローのつもりでそう言ってみる。だけど先生は首を横に振った。

「いえいえ、そうではなくて……」

そして、次に先生が言った言葉は、あたしを混乱の淵《ふち》に叩き落とした。

「……え?」

先生が今、何を言ったのか、理解できない。

「先生、それ、記憶違いじゃないですか?」

「いえいえ、自信があります。間違いありませんよ」

先生は自信満々の顔で頷いている。確かに、自分の同級生さえよく覚えていないあたしなんかよりは先生の記憶の方がよほど信用できるだろう。

でも、じゃあどういうことだ？

混乱するあたしをよそに、先生は一転して表情を曇らせる。

「あの子も、まだ若かったのに可哀想でしたね……」

「……先生は、彼女が亡くなったことをご存じなんですか？」

「はい。受け持った生徒のことは、社会に出るまではなるべく気にかけるようにしています。あの子の親御さんとも、転校した後しばらく連絡を取っていました」

そうだったのか。この人は本当にすごい先生だ。

でも、それなら、もしかしたら。

「先生……もしかして、亡くなった理由も、知ってるんですか？」

あたしがそう聞くと、先生は目を丸くした。それはまるで、「なんで知らないんだ？」と聞き返されたかのようだった。

「ええ、知ってますよ。あの子は――」

第五章

真相

1

連休初日。朝早くに東京を発《た》ち、昼前に大分の実家に帰り着いたあたしは、とりあえず荷物だけ置いて、まったく知らない人の家を訪ねていた。

「すみません、突然」

「いえいえ。どうぞお上がりになって」

「あ、いえ、すぐにおいとましますので……」

「あらそう？」

「はい。あの、それで、田中奈美子《たなかなみこ》さんについてなんですけど」

言いながら、あたしはハンドバッグから一枚の写真を取り出して目の前のおばさんに見せる。このおばさんは、原下《はらした》さんの葬式で受付をしていた人だ。芳名帳にあった田中奈美子という名前。おばさんの話によると、その田中奈美子は帽子に眼鏡にマスクというまるで変装しているような格好で、小銭入りの香典を置いていったという。事件に無関係だとは到底思えない人物だ。

ミユに言われた「ちょっと頼みたいこと」というのが、このおばさんにある人物の写真を見せて、田中奈美子とはこの人物ではなかったか、と聞くことだった。

「この写真の人じゃなかったですか？」

「そうねえ……あのときも言ったけど、帽子とマスクと眼鏡をしてたのよね。だから、同じ人かどうかはちょっと分からないわねぇ」

「ですよね……」

「……あら、でも待って。そう言えば……ねぇ、ちょっとよく見せてもらってもいい？」

「あ、はい」

言われるままに写真を渡すと、おばさんは写真に顔を近づけて真剣に見始める。

「……うん、そうよ！　この子じゃないかしら」

「え、本当ですか？」

急に発言を翻《ひるがえ》したおばさんに、あたしはつい懐疑的になってしまう。どうしていきなりそう言いだしたのか分からないというのもあるが、それ以前にあたしは、そもそもミユから「この人かもしれない」と言われた理由がさっぱり分からなかったのだ。

「えっと、どうしてそう思うんですか？」

「あのね、あんな格好だったでしょう？　大きな声じゃ言えないけど、やっぱり怪しいと思ってたのよ。だから名前を記帳してもらってる間、なんとなくじっと見ちゃってたの。

そうしたらね、右の耳たぶに、大きなホクロがあるなぁと思って。それで覚えてたってわけなのよ。ほら、この写真の子にも、耳たぶに大きなホクロがあるでしょう？」

「……本当だ」

おばさんの言う通り、確かにホクロがある。ということは、葬式に現れた田中奈美子は、本当にこの子なのか？　でも、どうして。

疑問を抱きつつも、あたしはもう一つの知りたいことを質問する。

「それで、この人の香典って、結局いくらだったんですか？」

今回の事件で、ある意味最も不思議なのがその件だ。これだけはいくら考えても事件との関連が見えてこない。

「それも覚えてるわ。変な金額だったもの」

おばさんは手招きするように手を振りながら、声を潜めて言う。

「四千八百八十円」

四千八百八十円。あたしが調べたところによると、知人・友人の香典の相場は五千円だったはず。どうしてそんな中途半端な金額にしたんだろう。

「ねぇ、どういうことなの？　あなたの知り合いなの？」

興味津々に食いついてくるおばさんを適当にはぐらかし、あたしはお礼を言ってその場を去った。どういうことなのか、知りたいのはあたしの方だ。

右の耳たぶに大きなホクロのある、田中奈美子を名乗って、四千八百八十円の香典を置いていった人物の写真をまじまじと見る。

それは、綾瀬真希《あやせまき》——マキの写真だった。

その後あたしはミユと合流し、大分市へと向かう電車に乗った。大分まで一時間、車中でミユに先ほどのことを報告すると、ミユはやっぱりねと笑った。

「やっぱりって、香典の金額?」

「ああ、ごめんなさい。正直そっちはさっぱり分からない。そうじゃなくて、葬式に現れた田中奈美子はやっぱり綾瀬さんだったのね、って」

「そっちか。どうしてマキだって分かったの?」

「分かったわけじゃないわ。この事件には登場人物が少ないから、その中にいれば収まりがいいなと思ってただけよ」

「そんな理由?」

「あら、馬鹿にできないものよ。実際当たってたわけだし」

「それはそうだけど……でも、どういうこと? なんでマキが?」

「それはまだ秘密」

結局ミユは肝心なことは教えてくれず、残りの道中、あたしは隣でゲームをしているミユをもやもやした気持ちで眺め続けていた。

午後三時頃、目的地である事件現場となったホテルに着いた。今日は予め、Xがチェックインした1120号室を予約している。ちょうどチェックイン可能な時刻だったので、早速ホテルの部屋に入ることにした……のだが。

「ちっち、あなたは非常階段の出入り口で待ってなさい」

そう言うと、ミユは一人でさっさとエレベーターに乗って行ってしまった。

あたしは大人しく外に出て、駐車場の隅にある非常階段の出入り口まで歩いた。昼間だけど人の姿はほとんどなく、こっそり出入りするにはちょうどいい感じだ。防犯カメラもついていない。とはいえ入り口の扉には鍵がかかっていて、外側からはホテルのキーがないと開かないようになっている。

しばらく待っていると、やがて上の方からかんかんと足音が近づいてきた。ミユだ。ミユは内側《うちがわ》から非常階段の扉を押し開け、疲れた顔であたしの肩を叩く。

「それじゃあ……ちっち……急がなくていいから、一一階まで上ってきて……どのくらいかかるか、時間を計ってね……」

「ミユ、体力なさすぎじゃない？　上りならともかく下りなのに」

「作家に体力なんかいらないのよ……」

ふらふらとホテルの正面に歩いて行くミユ。エレベーターで一一階まで上り、あたしを待っているというわけだ。入れ替わりで非常階段に入ったあたしは、言われた通り特に急がず階段を上り始める。

人並みの体力は持ち合わせていると思っているけど、さすがに一一階まで階段で上るのは骨が折れた。息を切らせながら途中で休み休み上って、一一階に辿り着くまでに、それでも五分もかからなかった。

「あら、意外と早かったわね」

扉を開けて中に入ると、そこではすでにミユが待っていた。さすがにもう呼吸は整っているらしい。とにかくこれで、非常階段が問題なく使えることが分かった。

「で、ここがXがチェックインした1120号室よ」

そこは、本当に非常階段の真横だった。きちんと周囲に気を配れば、ここから出入りするところを他の宿泊客に見られることはまずないだろう。

「同じ部屋が空いててよかったね」

「このホテル、平日は空室だらけみたいよ。古いホテルでろくにリフォームもしてないから、あまり人気がないんでしょうね。もうすぐ売りに出されるなんて噂《うわさ》もあるみたい」

ミユはなんだか少し楽しそうな表情でドアを開け、中に足を踏み入れる。

「ふぅん。ホテルなんて修学旅行以来かしら。でも少し感じが違うわね」

ミユに続いて部屋に入る。中はオーソドックスなビジネスホテルだが、随分と古びた印象を受ける。広さの割には安いけど、探そうとしなくても壁に染《し》みが見つかるようなホテルにはあまり泊まりたいとは思わない。

入ってすぐ右手にクローゼットとユニットバス、その奥にデスクとダブルサイズのベッド、そして正面には問題の窓がある。

「この窓は……なるほど、こうやって開けるのね」

窓はハンドルで開閉するタイプで、外開きだ。いっぱいに開いても四五度くらいの角度までしか開かないが、人が落ちるには十分な隙間となる。もしかしたら原下さんは、1220号室からではなく、まさにこの窓から落ちたのかもしれない。そう思うとなんだか近寄るのが怖く思えてくる。

だけどミユは躊躇する様子もなく近づき、窓枠に手をついて顔を外に出す。眼下には遺体が発見されたコンビニの屋上があるはずだ。今あたしが後ろからミユを軽く押せば、突き落とすことは十分可能だろう。そう考えると、例えばまーやちゃんにも犯行は可能かもしれないという気がしてきた。

「これだけ開くなら、突き落とすこともできるわね。古いホテルって怖いのね」

あたしの心を読んだかのように、ちょうどミユがそんなことを言う。

「うん……けど、原下さんが突き落とされたとしたら、相手は脅迫するかされてたかの相手ってことでしょ？　そんな相手と二人きりで、こんな窓際に立ったりするかな。あたしだったら、もしかしたら突き落とされるかもしれないって思って、とてもそんなとこに立てないけどな」

「そうね……」

ミユとしてもそこは気になっているらしく、窓から外を見て何やら考え込んでいる様子だ。かと思えば不意に振り返って、天井を見上げた。

「この真上が、1220号室……」

目を丸く見開いて、瞬きもせずにぽつりと呟く。もしかしたら、ミユが何かを考えるときはいつもこんな顔をするのだろうか。その静かな迫力はまるで何かに取り憑《つ》かれているかのようで、少し怖い感じもする。

やがてミユは、白くて細い指を天井に向け、あたしに聞いてきた。

「ねぇ、ちっち。上は喫煙室なのよね」

「え？　うん、そのはずだけど」

「で、ここは禁煙室」

「そうだね」

「ということは、そこにあるそれは」

ミユの指さす先に目をやると、天井の一部、照明から少し離れた辺りに設置された、何らかの装置があった。

「もしかして、煙感知器、かしら？」

「ああ……うん、そうだと思う」

実際にその装置が作動したところを見たことがないのではっきりとは言えないが、それしかないだろう。あたしがそう答えると、ミユはにやりと小さく笑って、すとんとベッドに腰を下ろした。

「いいわ。じゃあちっち、ここに狭間《はざま》さんと綾瀬さんを呼んで」

「え、今から？　なんで？」

「なんでって、それはもちろん」

そしてミユは、女のあたしでもどきっとするような蠱惑《こわく》的な笑みを浮かべ。

「さて、と言うためよ」

つまり、これから解決編を始めるのだ、と言った。

2

「……あ、ミスった」

「下手ね。そこはわざわざ指を離さなくてもいいのよ」

「そうなの？　あ、また」

「ボロボロね」

「あたしここ苦手なんだよね」

「ああ、トリルって駄目な人は本当に駄目みたいね。私は縦連の方が嫌いだけど」

「トリル？　たてれん？　何言ってんの？」

「勉強しなさい。そんなだから上達しないのよ」

「あたしは楽しめればそれでいいの……ここの振り付け可愛いよね」

「それには同意するわ」

ダブルサイズのベッドに二人で寝っ転がって、スマホでリズムゲームをしながら、あたしとミユはまーやちゃんとマキを待っていた。まるでちょっと旅行に来ているかのようなリラックスムードだ。これから始まる女子会は、きっと緊迫したムードの中で進んでいくはずなのに。

まーやちゃんもマキも大分市内には住んでいないため、電車で数十分かかる。果たしていきなり呼んで今から来るだろうかと思いながら、まずはマキに電話をしたのだけど、用件を告げるとマキは何も聞かずに「すぐ行くから待ってて」と返事をした。まーやちゃんの電話番号は知らなかったのでマキに一緒に来るように言うと、それには「分かってる」と。それらの返事が、もうすでに一つの答えのような気はした。

そうしてあたしとミユがベッドの上でごろごろしていると、やがてマキから電話がかかってきた。ホテルに着いたそうだ。

「非常階段の入り口で待つように伝えて」

ミユの言う通りにマキに伝えると、やっぱりマキは何も聞かずに従った。迎えに行くのは当然のようにあたしだ。ミユは最初からもう二度と階段を使うつもりはないらしい。ではどうしてわざわざマキたちを非常階段から迎え入れるのか、さすがにその意味はあたしにもなんとなく分かった。

エレベーターで一階まで下りて、フロントを通って外へ。フロントの人が「行ってらっしゃいませ」と言ってくれるのを聞きながら、すみません、すぐに非常階段で戻ります、しかも部外者を連れて……と心の中で謝る。

駐車場を奥へ進んでいくと、非常階段の入り口の前に二つの人影。

「……やっほ、マキ。久しぶり」

「……そうね、ちっち」

友達であるはずのマキは、警戒心を露《あら》わにした目であたしを鋭く睨《にら》んでくる。まぁ、仕方ないかなぁ、と思う。

「まーやちゃんも、ごめんね、いきなり呼び出して」

「あ……ううん……」

まーやちゃんは、原下さんの葬式のときと同じように、何かおどおどと怯えているように見える。ただでさえ小柄な体がさらに縮こまっているのを見ると、やっぱりまーやちゃんに原下さんを突き落とすことなんて無理のような気もしてくる。

「あの……じゃあ、行こうか。ちょっとしんどいけど」

ルームキーを使って非常階段の扉を開ける。普通だったらなんでエレベーターで行かないのかと文句が出そうなところだけど、マキもまーやちゃんも大人しくついて来る。

ただ、マキは最初に一つだけ質問してきた。

「何階まで上るの？」

「一一階」

「……そう」

それ以降、あたしたちは一言も発することなく、黙々と階段を上り続けた。息を切らせながら、それでも一度も休憩することなく、目的の一一階に到着する。

1120号室のドアをノックすると、中から「どうぞ」という声。ルームキーを差し込んでドアを押し開け、部屋へと入る。

ちょこんとベッドに腰掛けたミユは、カーテンの開け放たれた窓から差し込む西日を背に浴びて、まるで後光が差しているかのようだった。

「綾瀬さん、狭間さん。お久しぶり」

「え……？　誰？」

マキが誰何《すいか》する。こちらからだと逆光で顔がよく見えず、ついでに言うならマキもまーやちゃんも、呼び出したのはあたし一人だと思っていたはずだ。それでなくても卒業以来会っていないであろう同級生など分からなくて当たり前だ。

だがそのとき、まるでタイミングを見計らったかのように、眩《まぶ》しかった部屋の中にふっと影が落ちた。傾きかけていた太陽が、ちょうどビルの谷間に消えたのだ。もちろんただの偶然だとは思うのだけど、その影の中に浮かび上がったミユのシルエットは、なんだか人外の存在のような妖《あや》しさを醸《かも》し出《だ》していた。

「中学のときに同級生だった、切小野美夢《きりおのみゆ》よ」

「切小野……ああ、ミユちゃん？ 作家になった？ え、なんでいるの？」

「ちっちにね、探偵役を仰せつかったの」

「探偵役……？」

「そう。だから」

混乱しているマキに、ミユは妖艶《ようえん》とも言える笑みで楽しそうに答える。

「三月一九日の夜に、この部屋で何があったのか。今からそれを解き明かすわ」

マキは挑みかかるように、まーやちゃんは今にも泣き出しそうな顔で、ミユの言葉をただ黙って聞いている。

「さて」

芝居がかった仕草で本当にそう口にしたミユは、少しの間沈黙して、あたしにはにかんだ笑みを向けてきた。

「一回言ってみたかったのよね、これ。でも思ったより恥ずかしいわ」

こんな状況でなければ、ただ単に可愛らしいだけだったのだろうけど。ミユの緊張感のない態度にマキが苛立《いらだ》ちを見せる。

「ねぇ、ミユちゃん」

「怒らないで、綾瀬さん。すぐ始めるわ。そうね……まず、三月一九日の二一時半頃、この部屋にある人物がチェックインした。狭間さん、あなたよ」

そして、唐突に謎解きは始まった。

「狭間さんはこの部屋に原下さんを呼びつけた。誰にも見られないように、非常階段経由でね。そしてこの部屋で何らかの話し合いが行われた。私はおそらく、狭間さんが何らかの理由で原下さんに脅迫されてたんだと思ってるけど。でも交渉は決裂。思い余ったあなたは、そこの窓から原下さんを突き落とした」

ミユの推理に怯む様子もなく、マキが反論する。

「馬鹿馬鹿しい。見ての通り、まーやは小柄だし、気も力も弱い子だよ。逆にサオは気が強いし、まーやより体も大きくて力もある。まーやが窓を開けてサオを突き落とそうとしたら、反対に落とされるに決まってる」

あたしが抱いたのと同じ疑問点を突くマキ。ちなみに、サオ、というのは原下さんの中学生時代の愛称だ。自然にそう呼んでいるあたり、マキは原下さんともそれなりに付き合いがあったのだろう。

マキの反論は想定の範囲内だったようで、ミユは焦った様子もなく続ける。

「けど、原下さんが自分で窓を開けて、窓の外に身を乗り出していたとしたら？　それなら狭間さんでも軽く押すだけで落とせるんじゃない？」

「なんでサオがそんなことするの？」

そこでミユは、天井を指さした。つられて顔を上げるあたしたち。マキとまーやちゃんにはその意図が通じていないみたいだけど、さっきミユと話したあたしには、ミユの言いたいことがなんとなく分かった。

「原下さんの遺体の口の中には、煙草があった。つまり原下さんは、落下したとき煙草を吸っていた。でもこの部屋は禁煙室。部屋の中で煙草を吸うと、煙感知器が作動するかもしれない」

そう、ミユは、煙感知器を指さしていたのだ。

「だから原下さんは、煙草を吸うために自分で窓を開け、窓の外に身を乗り出して煙草を吸った。そして狭間さんは、その背中をそっと押した」

犯人扱いされたまーやちゃんは、反論するでもなく、ただ狼狽《うろた》えている。

「あ……わ、私……」

「まーや！　黙ってな。何も言わなくていい。ねぇミユちゃん、それだとおかしいことにならない？」

「何が？」

「私も警察にいろいろ聞かれたから、ある程度の状況は知ってるんだよ。そもそも、サオが落ちたのはこの部屋じゃない。一つ上の部屋だ。サオがその部屋にチェックインしたのは一一時前。つまりそれまでサオは生きてたってことになる」

「いいえ。1220号室にチェックインしたのは、原下さんの名を騙《かた》った別人よ。そのときにはすでに、本物の原下さんは死んでいた」

「だとしても、それがまーやだってことはあり得ない。まーやは一〇時半から近くのカラオケボックスにいたのを店員が証言してるはずでしょ。一一時前に原下さんのふりをしてチェックインするのは無理だ」

そうだ。それに、まーやちゃんだとしたら体格の問題もある。防犯カメラに映っていた原下さんらしき人物は、帽子やマスクで顔は分からないものの、確かに原下さんと同じくらいの身長があったという。なら、小柄なまーやちゃんではあり得ない。

だが、ミユはやはり余裕の表情で続ける。

「狭間さんだ、なんて言ってないじゃない」

「じゃあ、誰？」

「あなたでしょ。綾瀬さん」

真《ま》っ直《す》ぐに指をさされ、マキの表情が凍《こお》りついた。

3

あたしはと言えば、ミユの言った言葉に、不思議と驚きを感じていなかった。

「簡単な話。狭間さんと綾瀬さんは、最初から共犯だった。とはいえ、計画的な犯行というわけじゃなかったと思う。私の想像も入るけど、狭間さんは、原下さんに何らかの形で脅迫されていた。狭間さんはそれを綾瀬さんに相談した」

昔からみんなに頼られていたマキなら、それも頷ける話だ。きっと「これは貸しだからね」と言いながら引き受けたのだろう。

「綾瀬さんは、話し合いで解決するためにこのホテルでの会合を提案した。狭間さんは変装して謎の人物『X』として部屋を取る。原下さんには、誰にも見られないように非常階段で一一階まで来させた。そして三人でこの部屋で話し合ったけど、交渉は決裂。原下さんは、脅迫相手の狭間さんと二人きりじゃなくて、仲裁役である綾瀬さんがそこにいたからこそ、安心して窓を開けて煙草を吸った。そこを、思い余った狭間さんが突き落としてしまった……こんなところじゃないかと思ってるんだけど」

マキもまーやちゃんも、顔を青ざめさせてミユの推理をただ聞いている。

「そこからは、事故や自殺に見せかけるための工作ね。警察によると、原下さんの死亡推定時刻は二二時半以降だから、突き落としたのが二二時半だとして、狭間さんはすぐに非常階段で外へ出て近所のカラオケボックスへ行く。綾瀬さんはしばらく待ってから非常階段で一階まで下りて、変装して原下さんになりすまし、二二時五〇分に真上の1220号室を指定してチェックイン。綾瀬さんは原下さんと身長や体格が近いから、防犯カメラの映像だけでは別人だとは断定できない。これで狭間さんのアリバイができたわ」

「そんなに都合よく、真上の部屋が空いてるものかな？」

「平日は空室だらけって言ったでしょ。喫煙フロアなんてなおさらよ。それに、真上でなくても少しくらい左右にずれたって大丈夫だわ」

そういうものだろうか。確かに、積極的に泊まりたいホテルではないけれど。

「次は原下さんの手荷物を1220号室へ運び込んで、変装道具もそこへ置いて、窓を開けておく。これで、原下さんが二二時五〇分に1220号室へチェックインして、なんらかの理由で窓から落ちた、という状況の完成よ。あとは、綾瀬さんは非常階段から外へ出る。狭間さんはしばらくカラオケボックスでアリバイを作って、非常階段から1120号室に戻り、翌朝『X』として八時に何食わぬ顔でチェックアウト……これが、私の考える原下佐織《さおり》転落死事件の真相なんだけど。どうかしら？」

マキもまーやちゃんも、俯《うつむ》いたまま何も言おうとしない。推理小説やドラマなら「証拠はあるのか」とくるところだが、二人ともそんなことを言い出す様子もない。

あたしは、一つだけどうしても腑《ふ》に落ちない点を質問してみた。

「ミユ、それだと原下さんは脅迫犯ってことになるんだよね」

「私はそう考えてるわ」

「でも、脅迫犯が、脅迫してる相手に、階段で一階まで来いなんて言われて大人しく行くかな？　怪しいし、単純に面倒くさいし。犯人側は、必要ならやるだろうけど」

ミユの推理には概《おおむ》ね疑問はないのだが、そこだけはどうも納得いかない。

だが、ミユはその質問にも余裕の顔で答える。

「弱い脅迫者、というやつね」

「弱い脅迫者？」

「原下さんには、何か狭間さんを脅迫する材料があった。でも、それで要求していたのがお金とかではなくて、原下さんが困るものだったとしたら？」

「どういうこと……？」

「原下さんの弱み。それが世間に出たら、原下さんにとってとても都合が悪いもの。原下さんは狭間さんを脅迫して、それを探させていた。そう考えると、多少無理なことを言われても、望むものを手に入れるために従うしかなかったんじゃないかしら」

なるほど、だから『弱い脅迫者』、というわけか。相手を脅迫していながら、自分も相手の言うことを聞かなければならない。ままならないものだ。

「それに私は、原下さんが非常階段で一一階まで上ったとき、綾瀬さんも一緒だったと考えてるわ。途中で原下さんが嫌になってエレベーターを使ったりしないよう監視するためにね。どうかしら、狭間さん？」

「え……ち、違う！」

急に話の矛先を向けられたまーやちゃんは、初めて反論の言葉を口にした。だけどそれは、自らの罪を否定するためのものではなかった。

「マ……マキちゃんは、悪くないの……話し合いの場を作ってくれただけなのに、私が、突き落としちゃったから……」

「まーや」

「いいの、マキちゃん。私のせいでマキちゃんまで捕まっちゃうなんて、嫌だよ……ねぇ切小野さん、お願い、全部私が悪いの。原下さんを突き落としたのも私が勝手にやったことだし、そのあとのアリバイ作りとかも全部、私がマキちゃんにお願いしてやってもらったの。マキちゃんはただ、私を助けようとしてくれただけで、何も悪くないの。だからお願い、警察には私だけが――」

「警察には、言わないわよ」

ミユの言葉で、部屋の中には静寂が訪れた。

警察に言わない。マキもまーやちゃんも、ミユが何を言ったのか理解できないというように、目を見開いてミユの顔を見ている。

だけど――あたしは何故か、ミユがそんなことを言い出すような、予感がしていた。

「ねぇ、狭間さん。この事件の始まりは、田中奈美子の卒業文集でしょう？」

「え……どうして、知って」

「やっぱりね。だとしたらこの事件、私たちにも責任があるのよ。ねぇ、ちっち？」

ミユが楽しそうに、横目であたしを見る。そうだろう。そうくると思っていた。

あたしが控《ひか》えめに頷くと、まーやちゃんは眉根《まゆね》を寄せて混乱している。一方、マキにはある程度その意味が分かっているはずだった。

「この事件は、ちっちが田中奈美子の卒業文集を読んで、いじめの告発ノートの存在を知ったことから始まった。ちっちはその告発ノートを探すために、まずは田中奈美子の連絡先を調べる。そこで最初に頼ったのが」

「私、ってわけか」

ミユが視線を向ける先は、マキだ。

「そう。ちっちはまず、中学時代から今でも人付き合いが多い綾瀬さんに田中奈美子の連絡先の調査を依頼した。綾瀬さんは知り合いに聞きまくって、それが原下さんの耳にも届き、原下さんが告発ノートの存在を知った。中学時代にいじめをしていた原下さんは、もしそのノートに自分の悪行が書かれていて、今さら出てきたら困ると思い、そのノートを手に入れて処分しようとした。そんなとこじゃない？」

「その通りだよ」

もうごまかすことはやめたのか、マキがあっさりとミユの推理を認める。

「サオ、コネで地元の私立学校の事務に就職が決まってたらしくてさ。そんなノートが出てきたら、いくらコネでも内定取り消しになりかねない。ううん、むしろコネだからこそ、相手の顔に泥を塗ることになるかもね」

「でしょうね。それで原下さんはちっちに連絡して田中さんの連絡先を聞いたけど、ちっちも分かってなかったから、次に、中学時代にいじめていた相手に連絡を取った。そうよね、狭間さん？」

開き直った様子のマキとは違い、まーやちゃんはすっかり意気消沈してしまって、ミユの質問に素直に答えるだけになっている。

「うん……いきなり原下さんから電話があって、ノートを知ってるか、って……私、本当に知らなかったから、知らないって答えたの。そうしたら、だったらお前が探せって言ってきて……私、中学生時代に、原下さんに……その、き、着替えの写真を撮られてて……その写真を今も持ってるって、そう言われて……」

「それで、どうしたの？」

ミユは相変わらず薄笑いを浮かべながら、何故か横目であたしをちらちらと見ている。

いったいなにがそんなに楽しいんだろう……というあたしの疑問は、すぐに解けた。

「私、探せって言われても、どうやって探せばいいのか分からなくて……それでとりあえず、ツイッターで田中さんのアカウントを探してみたの。そうしたら、それっぽいのが見つかって。だから私もアカウントを作って、メッセージを送って確認してみたら、本当に田中さんのアカウントだった」

あたしの心臓が、どくんと跳ねた。

ああ、だからミユは、あんなに楽しそうな顔であたしを見ていたのか。

「まーやちゃん……そのアカウント、なんて名前だったの？」

「えっと……適当に、『A子』ってつけたと思う」

この事件は、やっぱりあたしにも責任があったんだ。

何を言うべきか分からないけど、とにかく何か言おうと口を開きかけたあたしは、不意に手の甲に痛みを感じて口を噤《つぐ》んだ。見ると、他の二人からは見えないように、ミユがあたしの手の甲をつねっている。

何も言うな、ってこと……？

あたしがそのまま黙っていると、まーやちゃんが再び口を開く。

「私、田中さんに、ノートの場所を教えてってお願いしたの。でも、どうしても教えてくれなくて……どうしていいか分からなくなって、マキちゃんに相談したの」

「そう。だから私、とりあえず三人で話し合おうと思ったんだ。誰にも見られず話すならホテルが一番いいと思って、部屋を取って……でも、あとは、ミユちゃんの言った通り」

話し合いは上手くいかず、最悪の事態を招いてしまった、というわけだ。

事件の全貌《ぜんぼう》が明らかになり、だけどあたしは、どうしていいのか分からない。

そもそもあたしがこの事件の真相を知りたかったのは、あたしに何か責任があるのかを知りたかったからだ。そして、責任はあると分かった。そもそもあたしが田中さんのアカウントを生き返らせたりしなければ、こんなことにはならなかったはずだ。

でも、じゃあ、あたしはこれからどうするべきなんだろう?

「……警察には言わないって、どういうこと?」

沈黙を破ったのは、マキだった。

そうだ、まだミユのその発言の真意が明かされていない。

あたしたち三人の視線を受けて、ミユは口元に浮かべていた笑みを潜め、話し始める。

「私、あの卒業文集の編集委員なの。田中さんの原稿を載せたのも私。その原稿をちっちが見て、綾瀬さんが広めて、狭間さんが犯行に至った。ねぇ、みんな」

そこでミユは、あたしたちを一人ずつ見つめて。

「私たち、全員、共犯だと思わない？」

マキとまーやちゃんが、目を丸くした。

あたしは……分からない。そうなんだろうか。あたしたちは、共犯者なんだろうか？

「とはいえ、真相が明るみに出たとしても、私とちっちはまず罪には問われないわね。問われるのは実行犯である狭間さんと、綾瀬さんも犯人蔵匿罪とか証拠隠滅罪の可能性はあるかしら」

「マ、マキちゃんは悪くないの！　私が」

「狭間さん、大丈夫よ。警察には言わないって言ったでしょ。そもそも、悪いのはいじめなんてしてた原下さんなんだから。でも、私は一応善良な一般市民だから、この事件の真相を警察に黙っているには、一つ条件があるの」

とても善良な一般市民の口にすることではない内容に、マキが怪訝《けげん》な顔をする。

「条件って、何？」

そこで再び、ミユの口元に笑みが戻る。

あたしは、次にミユが何を言い出すのか、分かってしまった。

「警察には黙ってる。その代わり、この事件を小説に書かせて」

ああ、やっぱり。そうだと思った。

小説のために、炎の中に手を突っ込んだミユだ。事件をただ隠すだけのはずがない。

「小説、って……そんなことしたら、警察に言わなくても同じでしょ？」

「もちろん、絶対にばれないようにアレンジするわ。そういうの得意なの。それだけじゃない、私とちっちで協力して、この事件には狭間さんも綾瀬さんも関係ないっていう証拠を捏造《ねつぞう》してもいいわ。そこまですれば本当に共犯者になるから安心できるでしょう？」

ミユがどうしてそんなことを言うのか理解できないのだろう。まーやちゃんは、どこか不気味なものを見るような目でミユを見ている。まぁ、それが普通の反応だろう。

だけどあたしには、ミユの気持ちが理解できてしまう。

「ねぇ、狭間さん。せっかくいろいろと協力してくれた綾瀬さんを、犯罪者にはしたくないでしょう？」

「そ……それは……そう、だけど」

「だったら。ね？」

優しく微笑むミユ。だけどこれは脅迫だ。原下さんとどっちが質《たち》が悪いのだろう。

「ねぇ、ちっち」

それまで黙っていたマキが、あたしに水を向ける。

「ちっちは？ ミユちゃんの小説なんて、あんたには関係ないでしょ？ ちっちはこの事件の真相をどうするつもりなの？」

どうする？ そんなの答えは決まってる。

「ミユの言う通りにするなら、あたしも警察には黙ってる」

「……なんで？」

「出版社に就職したって知ってるでしょ？　あたし、ミユの担当編集者に決まったの。編集者が、作家の小説の邪魔はできないよ」

さっき、まーやちゃんがミユを見ていたのと同じ目で、マキがあたしを見た。

「そういうことよ。ねぇ、四人でこの事件の真相を、秘密にしてしまいましょう？　そうしたら私が、絶対にばれないように小説にするから」

おそらく今、あたしやミユの目は、狂気を孕《はら》んでいるのだろう。

結局、マキとまーやちゃんは、ミユの提案を受け入れた。

4

まーやちゃんは、憔悴《しょうすい》した表情で部屋を出て、非常階段を下りていった。

残ったのはあたしとミユ、それとマキの三人だ。マキにはまだ話したいことがあるとミユが言い、残ってもらったのだ。

「で、話ってなに？　新しく証拠を捏造するってこと？」

「そうね。それもいいけど、その前に一つ」

どこか気の抜けている様子のマキに、ミユの質問が突き刺さる。

「あなた、どうして変装道具なんて用意してたの？」

マキの目の色が変わるのが、あたしにも分かった。

「……どういうこと？」

「私の推理がすべて正しいとしたら、そこだけがおかしいのよね。あなたは話し合いで解決するために場を設けた。だけど狭間さんが原下さんを突き落とすという予想外の事態になってしまった。あなたは狭間さんを守るために、急遽《きゅうきょ》アリバイトリックを考えた。そして、原下さんに変装してトリックを実行した……でもね、どう考えても、変装道具を用意するための時間が足りないのよ」

ミユの説明を聞いて、やっとあたしも気づいた。

「狭間さんが原下さんを突き落としたのは、死亡推定時刻とアリバイから、早くても二二時三〇分。なのに、綾瀬さんが原下さんに変装してチェックインしたのが、二二時五〇分。その間約二〇分で、非常階段で下りて、変装道具を取りに行くか買いに行くかして、変装して戻ってくる。ちっち、できると思う？」

「無理だよ。そもそもそんな時間に開いてる服屋なんて近くにないし」

「でしょう？　予め変装道具を用意しておいたとしか考えられないわ。ねぇ綾瀬さん」

名前を呼ばれたマキは、取り乱したような様子もなく、静かに返事をする。

「……何が言いたいの?」

「あなたが真犯人なんじゃないか、ってこと。あなたは狭間さんから相談を受けて、上手く状況を操れば、狭間さんに原下さんを突き落とさせることができるんじゃないか、と考えた。そしてもしすべてが上手くいった場合、狭間さんに疑われないように、狭間さんをかばうためのトリックも予め考え、用意しておいた。そうして計画を実行した……そう考えると辻褄が合うんだけど」

マキは、まーやちゃんがいたときとは打って変わった冷たい表情で、黙ってミユの推理を聞いている。が、ついにその言葉を口にした。

「証拠は?」

ああ、マキ。

それは駄目だよ。それは、真犯人の台詞だ。

お約束の台詞を引き出せたことが嬉しいのか、ミユもよりいっそう笑みを深めて、けれど内容としては反対のことを言う。

「そう。残念ながら、証拠はない。そして動機も分からない。中学時代も、綾瀬さんがいじめられてたなんてことはなかったしね。でも、私は確信してる。原下さんの葬儀に現れた、田中奈美子を名乗った人物もあなたでしょう?」

そうだ、忘れていた。あの田中奈美子は、マキだったんだ。あらためてマキの顔を見つめる。右の耳たぶに、大きなホクロがある。

「直接手を下したわけではないにせよ、原下さんはあなたの計画通りに死んだ。だからせめて香典くらいは、と思ったんじゃないの？」

マキは否定も肯定もしない。だけどこの状況で否定をしないということは、そういうことなのだろう。

「ねぇ、綾瀬さん。もう一度言うけど、私はこの事件の真相を警察に言うつもりはまったくないの。だって私たち、共犯者だものね。だから、教えてくれない？」

「……何を？」

「四千八百八十円の香典の意味を」

それは、ミユがこの事件を推理する中で、唯一「さっぱり分からない」と言った謎だ。

あたしも同じだ。その香典だけが、一連の事件の中で異彩を放っている。ほとんどの謎が次々と解明されていったのに、この中途半端な数字だけが宙ぶらりんのままだ。

「それだけが分からなくて、すごくもやもやしてるのよ。小説のヒントにもなるはずだから、ね？　教えてくれないかしら」

ミユの懇願を受けたマキは、背を向けて窓の方を見つめる。原下さんが落ちた窓を。

「……別に、本当に、殺そうなんて思ってたわけじゃない」

背中越しに聞こえるマキの声からは、何の感情も読み取れない。

「私がまーやに協力したら、話の流れによっては、もしかしたら最悪の場合、そういうこともあり得るかな、と思ってただけで」

「プロバビリティの犯罪……未必の故意ってやつね」

「難しいことは知らないけど。もし、もし本当にそうなったら」

そして、マキは。

あたしがよく聞き覚えのある言葉を、口にした。

「中学時代の貸しを返してもらえるかな、って思って」

その言葉で、あたしは急にすべてが分かった。分かってしまった。

プロバビリティの犯罪。未必の故意。

四千八百八十円の香典。

中学時代の貸し。

原下佐織という人間と、綾瀬真希という人間。

ああ、なんてことだ。マキは、マキは、そんなことのために。

「……ちっち？　どうしたの？」

ミユに悟られるほど、あたしは表情を変えていたのだろう。当たり前だ。あたしは今まで、観客くらいのつもりでただミユの推理を聞いていた。それがいきなり、事件の動機に気づいてしまったのだから。

「マキ、あなた」

確認のために、あたしはそのひらめきを口にする。

「ジュース代を、返してもらったの？」

初めて、マキの表情が大きく崩れた。

ああ、そうなんだ。本当にそうなんだね、マキ。

「ジュース代……？　ちっち、どういうこと？」

あれだけ鮮やかな推理を繰り広げたミユなのに、動機の謎は本当にさっぱり解けていないようだ。あたしはただのひらめきだったそれをきちんと整理しながら話す。

「……友人・知人の香典の相場は五千円。なのにマキが用意した香典は四千八百八十円だった。分かる？　百二十円足りないんだよ」

「……つまり？」

「百二十円っていうのは、あたしたちが中学生の頃の缶ジュースの値段だ」

そこでやっと、ミユもぴんと来たようだった。

「ミユも言ってたよね。中学時代、原下さんにジュース代を貸したことがあるって。それが返ってこなかったって。あたしもそう。きっと他にも同じ人がたくさんいると思う。例えば、マキも」

あたしの推理を、マキは黙って聞いている。

「そしてマキは、貸しは絶対に返してもらう主義の人間。でも、原下さんは言って返してくれるような人じゃない。もしもマキが、その貸しをずっと覚えてて、いつか返してもらおうと思ってたとしたら」

「ちょっと待って、ちっち」

珍しく、ミユの声が震えている。動揺しているのか、それとも興奮しているのか。

「じゃあ何？　もしかして綾瀬さんは、狭間さんから相談を受けて、もし上手いこと原下さんが死ねば……」

「……香典に四千八百八十円を包むことによって、相場との差額で間接的に、ジュース代の百二十円を返してもらおうとした」

それが、そんなくだらないことが、この事件の真の動機だ。

「そうだよね、マキ……？」

あたしが呼ぶと、マキはこっちを振り返って、小さく肩をすくめる。

「そうだとして、さ」

そしてマキは、長い付き合いだと思っていたあたしでさえ初めて見るような冷めた表情で、淡々と言葉を紡ぐ。

「私はさ、ただまーやの相談にのって、話し合いの立ち会いをして、禁煙室だから吸うなら窓の外で吸えって言っただけなんだよね。これ、何か罪になるの？」

ぱん、と。

突然室内に響いた破裂音は、ミユが一つ柏手《かしわで》を打った音だった。

「罪になんかなるはずないわ。だって原下さんは、1220号室から、誤って落ちたんだもの。ねぇちっち、そうでしょ？」

「先生が言うなら、そうなんでしょうね」

思わず苦笑しながらあたしが答える。

それを聞いていたマキも、困ったような顔で笑い、言った。

「あんたたち、気持ち悪いよ」

5

翌日。あたしはまたミユの家にお邪魔していた。

連休中なのに、ミユのお母さんは今日も仕事と言って慌ただしく出ていった。お父さんの姿は見かけない。

「ねぇ、あたしミユのお父さん見たことないけど、何してる人なの？」

「何……さぁ、何をしてるのかしら。何もしてないと思うけど」

その答えで、聞いてはいけないことを聞いてしまったかな、と思った。離婚しているとか、働いてないとか、そんなことを想像したのだ。

しかし、実際には想像を遥《はる》かに超えて、聞いてはいけないことだったらしい。

「私が見た中で父が最後にしてたのは、裏庭の木で首を吊《つ》ってたことね」

さすがに、リアクションの仕方が分からなかった。

「だから、今は何もしてないんじゃないかしら。死後の世界があるなら別だけど」

「……いつ？」

「あれは……四年前になるわ。高校から帰ってきたら、ね」

「どうして、そんなこと」

「さぁ。どうしてかしら。借金があったわけでもなさそうなんだけど。屏があってご近所さんから見えなかったのが不幸中の幸い。あのときは、母も兄さんも大変だったわ」

無表情で淡々と語るミユ。四年前なら、もう心の整理はついているのだろうか。あたしだったらどうだろう。簡単には想像できない。

「……なんか、ごめんね、変なこと聞いちゃって。ミユも、大変だったんだね」

「たいへん……？」

ミユはあたしを見つめて、眼を瞬かせる。まるで「大変」という単語の意味が理解できないかのように。

「……ねぇ、ちっち。聞いてくれる？」

「うん。なに？」

それはあたしが初めて見る、どこか救いを求めるような、ミユの顔だった。

「お父さんの遺体を最初に見つけたのは、私だったの。お母さんは仕事、兄さんは大学でね。私、どうすればいいのか分からなくて。多分、パニックになってたのね。まず最初に何をするべきか、必死で考えて……それで、最初に何をしたと思う？」

「……分かんないよ」

「考えて。そういうとき、最初に何をする？」

考えてみる。そういう場合、普通はどうするだろう？

「えっと……お父さんを下ろす……のは、一人じゃ無理だろうから……近所の人……は、呼びたくないかな……救急車を呼ぶ、とか？」

「うん、普通はそんなところでしょうね。でも、私はそのどれもしなかったの」

じゃあ、いったい何を？

「ねぇ、ちっち、私ね」

「うん」

ミユが、あたしから目をそらす。

「スマホで、首を吊ったお父さんの、写真を撮ったの」

やけに静かな部屋の中に、その言葉が滲むように広がった。

「自分でも、なんであんなことをしたのか、いまだによく分からないの。ねぇちっち、私、なんであんなことをしたのかしら」

ミユは窓の方に目を向けている。カーテンが閉まっていて外は見えないけど、そっちの方に父親が首を吊った木があるのだろうか。

あたしは考える。想像する。学校から帰ってきたら、父親が首を吊っていた。その写真を撮ってしまった、理由を。

「……ミユが、小説家だからかな」

「え？」

半ば反射的に、あたしは頭に浮かんだことを口にしていた。

「首吊りなんて、人生でそうそう見る機会ないでしょ？　でも、作家だったら自分の作品に書くことがあるかもしれないじゃない。そのとき、実際に見たことあるかないかで、描写のリアリティが違ってくる。多分もう二度と見られないから、資料のつもりで写真を撮っちゃったんじゃないかな」

いつの間にかミユは、目を丸くしてあたしを見つめていた。あたしの勝手な想像を聞いてどう思ったのだろう。冷静に考えると、あまりにも失礼なことを言ってしまったのではないだろうか。父親の首吊り死体を資料扱いだなんて。

「えっと……作家らしくていいな、って思うけど」

フォローのつもりで付け足したけど、何のフォローにもなっていない気がする。

ミユは珍しく眉間《みけん》にしわを寄せて、まるで宇宙人でも見たかのような顔で言う。

「……編集者って、みんなそうなの?」

世間一般の先輩編集者たちのために、力いっぱい否定しておく。

そんな風に、二人だけの時間を過ごしていたとき。

唐突に、事件は予想もしていなかった形で終わりを迎えた。

その結末は、つけっぱなしにしていたテレビから聞こえてきた。

『次のニュースです。今年の三月一九日に、大分市内のビジネスホテルで起きた転落死事件で、先ほど犯人を名乗る者が警察に出頭し、事件は一転、殺人事件として再捜査されることとなりました』

突然の展開に驚きながら、二人でじっとテレビに注目する。

報道によると、自首してきたのは狭間彩(二二)、被害者である原下佐織の中学時代の同級生ということだ。

「自首したのね、あの子」

「……そうみたいだね」

マキやあたしたちの名前はいっさい出てこない。まーやちゃんが警察にどう話しているのかは分からないけど、昨日言っていたように、悪いのは自分一人だということで押し通すつもりなのだろうか。あたしたちはともかく、マキはどうなるだろう。

「なんで自首したのかしら。私が信用されなかった？」

「っていうか、普通に罪悪感じゃないかな。いい子そうだったし」

「良心の呵責《かしゃく》、ってやつ？」

「うん」

「ふうん……」

理解できない、といった様子で呟くミユ。

「ねぇちっち、この場合、小説にはしていいのかしら？」

「いや、さすがに駄目でしょ……」

「ま、そうよね。じゃあ原稿はしばらくお預けね」

大きく息をつきながら、ミユは布団にぼすんと寝転がる。担当作家のネタが一つ潰れてしまったのは、編集者としても憂慮すべき事態だ。

「ちっち、今何考えてるの？」

「原稿を催促する方法」

「あはは。やっぱり。ねぇちっち、おかしいと思わない？」

「何が？」

寝転がったまま、ミユはあたしにいたずらっぽい目線を飛ばしてくる。

「ちっちと私。綾瀬さんと狭間さん。今回の事件に関わった四人の中で一番まともなのって、きっと殺人犯の狭間さんよ」

「……ああ」

言われてみれば、確かにそんな気もする。

一二〇円のために間接的な殺人計画を立てたマキ。

小説のために事件の真相を隠蔽《いんぺい》しようとしたミユ。

それをすんなりと受け入れてしまうあたし。

良心の呵責に耐えかねて罪を告白したまーやちゃん。

人として誰がまともかと言えば、確かに、殺人を犯したまーやちゃんなのかもしれない。

だとしたら、今さらだ。

あたしは編集者になったのだから、まともじゃなかろうが、原稿を催促してやろう。

「ねぇ、ミユ」

「なぁに、ちっち?」

何故かまた、楽しそうな目であたしを見つめてくるミユに、あたしは言った。

「田中奈美子を殺した犯人、分かったんだけど」

終章　どこにもいない

1

あたしがそう言った瞬間、ミユの瞳が、燃え上がるようにギラついた。

「何言ってるの？　田中《たなか》さんは自殺したのよ？」

「自殺じゃない。ううん、自殺とも言えるのかもしれないけど」

「どういうこと？　何が言いたいの？」

早く、早く続きを聞かせろと、ミユは狂気的な笑みで食いついてくる。

「田中奈美子《なみこ》なんて人間は最初から、どこにもいない」

「そんなわけないでしょう？　中学時代、たった一ヵ月だけど、ちっちと同じクラスだったじゃない」

そうじゃない。そうじゃないんだよミユ。

「東京で、中学のときの担任だった向井《むかい》先生に、食事をご馳走してもらったの。あの先生すごいね。今までに受け持った生徒は全員覚えてるんだって。だからあたし、聞いてみたんだ。田中奈美子を覚えてますか、って。そうしたら、思い出せなかったんだよ」

「たった一ヵ月しかいなかった生徒なら仕方ないわよ」

「そうじゃない。先生はそのあと、こう言った」

あのとき、先生に言われた言葉を正確に思い出し、繰り返す。

「あの子の名前は『田中奈美子』じゃなくて、『中田美奈子《なかたみなこ》』でしょう」


ミユは、何も言わない。

「タナカナミコじゃなくて、ナカタミナコ。それがあたしたちの同級生の名前」

一番最初に、マキに田中さんのことを聞いたときの会話を思い出す。

『もしもし？　どしたのちっち。また飲みに行く？』

「うん、それもいいんだけど、ちょっと聞きたいことがあってさ。中学一年のときに転校してきて、一ヵ月くらいでまた転校してった子がいたの覚えてる？」

『え？　あー、なんかいたねぇ。誰だっけ……中田美奈子？』

「惜しい。田中だよ。田中奈美子」

『あれ、そうだっけ』

マキは正しかった。あたしは、最初から答えを知っていたのだ。

「そして、中田美奈子もう、この世にいない」

あたしはポケットから、小さく折りたたんだ紙を取り出して広げる。それは図書館で見つけた、栃木県の地方紙のコピーだった。

二〇一〇年八月一三日午前一一時頃、栃木県の東北自動車道下り線で、ETC通過のため速度を落とした軽自動車に二トントラックが追突した。軽自動車に乗っていた中田努《つとむ》さん（四一）、中田昌子《まさこ》さん（三八）、中田美奈子さん（一四）はいずれも心肺停止で病院へ搬送され、死亡が確認された。三人は盆休みを利用して父方の実家へ帰省する途中だった。

「向井先生が教えてくれた。中田美奈子は、中学一年のときに転入してきて、一ヵ月でまた転校していった。その翌年、中学二年の夏に、ご家族と一緒に交通事故で亡くなった。ミユは文集の編集係として中田さんの連絡先を調べて、そのことを知ったんでしょ」

「続けて」

「そしてあなたは、田中奈美子というどこにもいない同級生を作り出した」

ミユが笑う。楽しそうに。

「存在しない同級生の作文を自分で書いて、文集に組み込んだ。同時に田中奈美子の名前でツイッターを始めた。名前を微妙に変えたのは、それなら他の同級生の記憶をごまかせると思ったのと、もしも誰かが田中奈美子を探そうとしたときに、中田美奈子の交通事故死まで辿り着けないように」

それにまんまとはまったのが、あたしだった。

「田中奈美子は、ミユが作り出した、どこにもいない同級生。田中奈美子の自殺もミユの自作自演。つまり、田中奈美子を殺した犯人は、ミユだよ」

それが、あたしが辿り着いた真相だった。

「私が、どうしてそんなことをしないといけないの？」

ミユは、あたしの考えを否定しない。代わりに質問をしてくる。まるで、もっと聞かせろ、もっと私を暴いてくれ、と求めてくるかのように。

どうしてミユがそんなことをしたのか。答えは一つしかない。

「小説を書くため、でしょ？」

そうだ、もっとだ、とミユは笑う。

「ミユは、小説のために炎の中に手を突っ込んだ。小説のために父親の首吊り死体を写真に撮った。小説のために毎日嘘日記を付けてる。小説のために殺人事件を隠蔽しようとした。それと同じ。小説のために、存在しない同級生を作り出した。存在しないノートについての作文を書いた。それがいつかどこかでどうにかなって、小説のネタになるかもしれないから。ただそれだけのために」

それが、今回の事件の本当の始まりだ。

原下《はらした》さんも、まーやちゃんも、マキも、関係ない。

これは、ミユが小説を書くための、ただそのためだけの事件だった。

「それが今回は、あたしのせいでこんな事件になった。実際ミユはそれを小説にしようとしたよね。残念ながら、もう小説にはできないと思うけど」

「だったらどうするの？　事件の真犯人だって、私を通報する？」

「まさか。あたしがそんなことすると思う？」

「しないの？　どうして？」

そんなの、分かりきってることだ。

「だってあたしは、ミユの担当編集者なんだから」

そして、ミユは。

嬉しそうに。本当に嬉しそうに、無邪気な顔で笑った。

「ねぇミユ、小説を書いてよ。小説を書くためにここまで時間をかけて手の込んだことをするミユが、これだけのはずがない。ミユは少なくとも中学生のときから、こういう物語の種をいくつもばらまいてる。違う？」

「違わないわ。その通りよ」

ああ、きっと。

あたしも今、嬉しそうに笑っているのだろう。

「ミユが蒔《ま》いた種を、あたしたちで全部収穫しよう。あたしはミユの共犯者になる。だからもっと、あたしが生きてていい世界を作り出してよ」

ミユと共犯者になって、小説を作る。それはどんなに心躍ることだろう。

「ねぇ、ちっち」

「なに、ミユ」

「面白いことに気づいたの。この世には、自分の才能に気づいてない人がいる」

「っていうと？」

「私には、小説家の才能なんてないの。私にできるのはただ、物事を綺麗に並べ直すことだけ。だから綺麗な文章は書けるし、論理的な推理もできるけど、面白い物語は書けないし、犯人の動機は推理できない」

ミユに小説の才能がない、なんていう話は、ミユの小説を読んで作家を諦めたあたしからすれば少し認めたくないことだ。だけど同時に、そうかもしれない、とすんなり納得してしまった自分もいる。

「あなたは逆よ、ちっち。面白い物語を考えることができるし、到底理解できないような犯罪の動機を推理することができる。あなたが燃やした原稿を読んだとき、あるいはあなたが四千八百八十円の香典の意味を言い当てたとき、私がどれだけ興奮したか分かる？私、ちっちを尊敬してるのよ」

「そこまで言われると、なんかむず痒いな」

照れる私の頬《ほお》を、ミユの細い指先がくすぐる。

「私は人間に興味津々なの。人間が理解できないから。でも、ちっちは逆ね。人間に興味がないから、人間のことを数式のように読み解ける」

ここまで来ると、もう認めるしかないのかもしれない。あたしはきっと、人間に興味がないんだろう。

でもね、ミユ。

あたし、ミユにだけは、本当に自分から興味を持ったんだよ。

「ねぇ、ちっち」

「なに、ミユ」

「私たち、きっといいパートナーになるわ」

初めてこの家に来て、布団をはいで、全裸で寝ているミユを見たとき。

まさか自分が、こんな悪魔のように魅力的な、一緒に堕《お》ちていくしかないような笑みを向けられることになるとは思ってもみなかった。

「きっと私にとって、あなた以上のパートナーなんて、どこにもいない」

ミユは不意に立ち上がり、机の上から一冊の本を持ってくる。

夜神楽花火《よかぐらはなび》。作家、如月海羽《きさらぎうみは》のデビュー作。

ミユはそのペンネームを指さし、あたしに目を向ける。

「これ、なんて読むか分かる？」

「きさらぎうみは、でしょ」

「うん。でもね、本当はこれ、『うみは』じゃなくて『ミウ』って読むの」

「ミウ？」

「そう、ミウ。私の本当の名前」

「どういうこと？　ミユの名前は『美夢《みゆ》』でしょ？」

「そうなんだけどね」

ミユは、子供のようなあどけない顔になって、指先でその名前を撫でる。

「私、小さい頃、自分の名前を『ミウ』だと思ってたの。親からみゆ、みゆって呼ばれるのもミウって呼ばれてるんだと思ってたし、自分でもミウって言ってた。親は多分、小さいから『みゆ』が上手く言えないだけなんだと思ってたんでしょうね」

それは、なんとも子供らしくて可愛らしいエピソードだ。

「幼稚園に入ったとき、自分の名前を書くときに『ミウ』って書いたら、先生からミウじゃなくてミユでしょ、って言われたわ。そのとき初めて、自分の名前が『ミユ』だってことを知ったの。でも、私はもう、自分の名前が『ミユ』だなんて思えなかった。学校とか親の前ではちゃんと美夢を使っても、私にとっては、私はずっと『ミウ』のままなの」

何だろう。そういうものなのだろうか。自分には同じような経験がないから分からないけど。でも、ミユが今、とても大切なことをあたしに教えてくれているのだということは分かる。

「ちっち、あなただけに教えるわ。私の名前は『ミウ』よ」

「うん……ミウ」

目の前にいるミユを、どこにもいないミウの名前で呼ぶ。

ミウは、嬉しそうに微笑む。

そして突然、あたしに向かって顔を突き出してきた。

「キスして」

「は!?」

「何を動揺してるの。おでこでいいわよ」

ああびっくりした。おでこか。顔が熱くなってしまった。

「でも、なんでいきなり？」

首を傾げるあたしに、ミウはあたしの大好きな言葉で返事をする。

「skeleton in the closet——卒業文集を編集するとき、あなたの自己紹介を読んで、この言葉を知ったわ。とっても素敵。田中奈美子のアカウントのパスワードにしたのもそれが理由。まさか今になって、あなたが生き返らせるとは思わなかったけど」

なんと、そうだったのか。じゃあ、この事件の始まりはミウじゃなくて、結局あたしだったということになるんだろうか？

「私はこれから、あなたのクローゼットの中の白骨死体になる。だから、秘密を守ることの誓いとして、頭蓋骨にキスを」

そうか。そういうことなら、仕方ないか。

あたしはミウの頰を両手で包み、皮膚越しの頭蓋骨へそっと口づける。

「ねぇ、ちっち」

くすぐったそうに目を細めたミウは、触れるほどの間近からあたしの目を覗き込んで。

「あなた、おかしいわ」

そう言って、妖艶に笑う。

そのときあたしがどんな顔をしていたのか、それはミウしか知らない。

2

そしてあたしは、そのクローゼットに鍵をかけた。

skeleton in the closet -locked-

本書は書き下ろしです。

〈著者紹介〉

乙野四方字（おとの・よもじ）
1981年大分県生まれ。2012年、第18回電撃小説大賞選考委員奨励賞を受賞した『ミニッツ ～一分間の絶対時間～』（電撃文庫）でデビュー。初の一般文芸作品『僕が愛したすべての君へ』『君を愛したひとりの僕へ』（ともにハヤカワ文庫JA）を同時刊行して、大きなヒット作となる。

ミウ
-skeleton in the closet-

2018年9月18日　第1刷発行　　定価はカバーに表示してあります

著者……………………乙野四方字《おとのよもじ》

発行者……………………渡瀬昌彦
発行所……………………株式会社 講談社
〒112-8001 東京都文京区音羽2-12-21
編集03-5395-3506
販売03-5395-5817
業務03-5395-3615

本文データ制作…………講談社デジタル製作
印刷……………………豊国印刷株式会社
製本……………………株式会社国宝社
カバー印刷……………慶昌堂印刷株式会社
装丁フォーマット………ムシカゴグラフィクス
本文フォーマット………next door design

ISBN978-4-06-512651-6　N.D.C.913　216p　15cm

講談社
タイガ

御影瑛路

殺人鬼探偵の捏造美学

イラスト
清原 紘

氷鉋清廉《ヒガノセイレン》。天才精神科医にして、美学に満ちた殺人鬼・マスカレード。海岸沿いで発見された怪死体にはマスカレードに殺されたような痕跡が。新米刑事の百合《ゆり》は紹介された協力者と捜査を開始するが、その人物はあろうことか氷鉋だった！　父親、婚約者、恋人の証言が食い違う謎めいた被害者・麗奈《れいな》を、当の氷鉋と調べる百合。だが、死んだはずの麗奈の目撃証言まであらわれ……⁉

講談社タイガ

オキシタケヒコ

おそれミミズク

あるいは彼岸の渡し綱

イラスト
吉田ヨシツギ

「ひさしや、ミミズク」今日も座敷牢の暗がりでツナは微笑む。山中の屋敷に住まう下半身不随の女の子が、ぼくの秘密の友達だ。彼女と会うには奇妙な条件があった。「怖い話」を聞かせるというその求めに応じるため、ぼくはもう十年、怪談蒐集に励んでいるのだが……。ツナとぼく《ミミズク》、夢と現《うつつ》、彼岸と此岸が恐怖によって繋がるとき、驚天動地のビジョンがせかいを変容させる——。

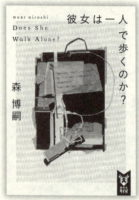